我們

（還在初戀的島上）

陳玉慧 Jade Y. Chen 著

第一章——

晴子告訴莊：我不曾愛過，但我知道愛比被愛更幸福。

莊輕輕撫過晴子手上好幾道微弱細白的疤痕，他想像她當時的痛，晴子收回她的手，把袖子放回，她仍不習慣把手腕示人，總是穿長袖。「以後都不會再這麼做了？」莊體恤地提醒她，「嗯，不會。」她立刻回答，像士兵回答長官一道命令。莊笑了起來。

「我已經開始想念你了，」晴子俯向莊，把頭靠在他的肩上。隨後，她坐正身體，垂目抿嘴。她常微笑，連不同意別人的時候都可以微笑，但她並沒有心機，只是不想讓別人難受，而自己忍著，這一點莊是慢慢才發現的。但他也覺得她笑起來特別甜美。

晴子的外公是台南人，去日本留學，之後結婚生子，留在日本行醫，晴子媽媽在日本長大，從未住過台南，晴子在媽媽過世後，陷入長期的憂傷，醫生建議她去療養院，她選擇來台灣旅行，後來留下來讀書。

她曾問過莊是否願意陪她到孔廟走走，他陪她走過台南的大街小巷，吃過所有的名產。晴子在台灣的親人沒幾個了，有一個失聰的姑姑擁有幾張媽媽兒時的照片，讓晴子驚嘆連連。

晴子告訴莊，還好她來了台灣，不然，她不會認識他。「妳不後悔？」莊捏了一下她的手，「永遠，」她點點頭，又搖搖頭。

「永遠不……」晴子說時，神情有點異樣，彷彿她不懂這三字的意義，她坐回收拾乾淨的床沿，「莊桑，」她每次半開玩笑這樣叫他時，他瞬間都會以為她在叫喚別人，因為日文聽起來像在叫「卓先生」。

「莊桑，我還是留下來吧，我不想走。」晴子看起來很認真。然後，她又如常地叫他一聲「莊」。

這麼說，你想留下來，那就是因為我了。

是因為你啊。

「就算在這裡，同一個城市，每次你離開後，我都覺得我們再也不會見面了，」晴子笑著說，「雖然只是一種感覺，但都要等到再看到你時，這種感覺才會消失，」她仍然握著莊的手。

莊摟著她，輕微地撫摸她的頭髮，「還做著同一個惡夢嗎？」

「嗯，同一個惡夢。」晴子告訴過他，在夢中，他們二人到遠地旅行，遇見一群長相和行為舉止都非常怪異的人，他們口吐白沫，臉色發綠，他們告訴他們，這是晴子帶來的傳染病，他們拿出武器驅趕他們，要他們立刻離開。當晴子和莊到巴士站時，一整群人已在追捕他們，他們只能沿路奔跑，但有更多要追殺他們的人不停地出現。

莊沒再讓她說話，而是吻著她的唇，他吻她許久，最後，他的唇落在她的眼睛上，她那水汪汪的眼睛，他從來沒有看過任何人有那麼亮的眼睛。

他們離開晴子住的大樓往機場去。莊一手拖著晴子的行李，一手牽著她，她戴著耳機在聽老歌，她取下一只耳機，請他一起聽。是奧地利歌手 Anja Plaschg，喜歡嗎？她輕輕地問他。

喜歡，莊是真心喜歡。

如果我們再也不見面了，你會做什麼？

我不知道，我們一定會再見面。

晴子常常有奇怪的問題，多數的問題精靈古怪，但少數問題也讓莊略為吃驚，有時，他覺得有可能是文化差異，晴子從小在日本長大，身上也有著一些大家描述的日本民族的特點，客氣有禮，愛美，整齊有秩序，時而又有點桀驁不馴。後面這一點，只有莊知道。

莊目送她走進海關入口，她捨不得走進自動門內，移動速度很緩慢，莊可以感受到後面的旅客在推動她，他遂往後退，作勢離開。晴子停步不想往前，那時他略感到懊惱，覺得自己應該跟她一起走。門已關上。

他走路回家，經過美術館及公園，他坐在空曠的公園裡，他知道飛機會從他頭頂飛過，或許晴子會看到他。

他在公園裡算飛機，十幾架飛機已經飛過去了，每當飛機飛過時，他便站起來往空中揮手，「晴子、晴子。」他不斷地喊著。很多路人走過，很多人不解地跟著他往上望，連孩子也跟著向飛機揮手。

莊走回自己的住處，睡了一整天。第二天去板橋繼續服役，他還有三個月的替代役，在新北市環保局，只是一些文書工作，必須朝九晚五。沒有晴子的日子，他開始讀書，最近他讀梅爾維爾的《白鯨記》。

晴子已經返回福島。她傳來她在漁港和父親合照的照片，莊看到桌上他買來送她父親的烏魚子，也看到她和父親在泡烏龍茶喝。

他們視訊和留話，他也給她寫很長的情書。他從小不喜歡作文，但他有許多話要對她說，她聽得多，說得少。他說他想念她的睫毛，她說，「你是不是睡覺時偷偷看我？」他送了一個邪惡的笑臉。

他們是在學校認識的，她來上中文課。因為學過一點日文，莊主動幫她釋疑，並教她一些生活上的細節。她很喜歡台灣的生活，也很喜歡莊，至少她這麼說過，從認識她起，有機會他便悄悄地觀察她的手腕，彷彿那些細紋裡還有什麼他不知的祕密，他已經熟記了那些紋路。紋路一直沒有變化。

她是獨生女，媽媽過世那一年，她頓失依靠，父親非常依賴母親，雖然她還是高中生，但她必須學習照顧他，好像她被迫擔任媽媽的角色，但來台灣後，心情便好多了。和莊在一起，她才像個孩子。

莊曾和一二個女孩來往過，但都不曾真的動心，但這也要等他認識晴子之後，他才知道原來什麼叫心動，想到她時會心跳，甚至不自主地勃起。

《白鯨記》讀完了，他安慰晴子，提到《白鯨記》的作者梅爾維爾的說法，「世間萬物，凡高貴者似乎都有憂鬱的品質，」他每天學習日文，偶爾和晴子用日文對話，他已經準備去日本留學，但他還有三個月替代役，從前他覺得日子過得好快，現在卻覺得日子過得好慢。

「我們未來要一起去一個好地方，然後再也不要離開彼此，」他說，晴子也答應了。

「什麼好地方？在哪裡？」晴子問，已經半夜了，晴子更晚，莊聽著晴子錄給他的日文版小王子，也逐漸有了睡意，「真正的好地方，都不在地圖上。」

第二天下午三點左右，莊收到晴子的日文留言訊息，「好可怕！」莊不知發生何事，立刻打視訊電話，但卻接不上電話，一次接上後，聽到奇怪的聲響，線路斷線後，一陣寂靜。莊重撥了好多次。但線路總是不通。

原來日本發生了大地震，莊聽到同事有人提起，便打開辦公室電腦上的新聞，他試著再撥打電話，但心裡只有一個念頭，下次，他不要再和晴子分開，他要緊緊抱住晴子。

他突然想起，那一年跨年，他們在河堤上一起看著煙火倒數計時到最後一秒時，晴子大聲地對他說「新年快樂，」而他卻說，「我愛妳。」

那是他這一生第一次對別人說這三個字。「會不會很噁心呢？」他問晴子，晴子看著他的眼睛說，「不會啊，我想再聽一次」。

沒有訊息，電腦上的新聞也是同樣一則，除了日本發生大地震。沒有什麼更新內容。

這時，他才又接到晴子另一次電話，她說的是日文，「我愛你，莊君，」但電話斷了。

晴子的聲音雖然聽起來很絕望，但是充滿了愛意。莊得知是九點一的大地震後，無法想像這是多大的搖撼，他突然悟得，為什麼有人深愛著他人，願意折壽去減免對方的折磨和痛苦。

他最喜歡站在她後方看她走路，他沒看過有人走路這麼好看，不是像名模那種走法，非常自然地、貼切地，像樹枝在微風中輕輕搖曳，尤其當她穿上長裙時，他總是故意落後她幾步，假裝繫鞋帶。

還有，有一次她綁著馬尾回眸對他一笑，那一次，他也覺得她好美，像永恆的少女，比維梅爾畫的戴珍珠耳環的那位少女還好看，那印象也在他心中磨滅不去。

莊喜歡晴子，是從她安靜的儀態開始的。本來莊以為她的中文不好，但莊又發現她去學校圖書館借的書都是外國文學的中文譯本，像托爾斯泰的《戰爭與和平》和杜斯妥也夫斯基的小說。晴子說，她喜歡看俄國文學，她覺得，陸地上的人和從島嶼來的人不一樣，陸地人遼闊又悲壯。島嶼的人怎麼不一樣。他問她，島嶼的人依戀又疏離，脆弱又孤立，她說。

那我們呢？

我只知道妳比我堅強。

有一次，晴子問他喜不喜歡宮崎駿的《龍貓》，莊遲疑了一下，還沒回答她，「如果你不喜歡，那我們就現在分手吧。」莊想都不想地回答，「我剛好喜歡《龍貓》呀，真的。」

真的，他是說真的。

你知道我最喜歡裡面哪一句話嗎？

我不知道，我記性不是特別好。

如果我沉默，不是不快樂，而是想讓心裡淨空。

莊再度握緊她的手，他們走在學校的樹蔭下，她講話帶著輕微的日本口音，因為她的捲舌聲發音有點不一樣。當她想不到字時，她就會說「哎呀」，然後眼珠轉動一下。

這是一個天人交戰的下午，莊回想著所有和晴子在一起的時光，所有晴子的美好。他為她祈禱。他繼續打電話或傳訊息給她，他只知道她躲過一劫，他想問候她。

電視新聞開始報導日本周邊海岸線的海嘯，莊一直注意著楢葉町這個小鎮，五公尺的海嘯捲進小鎮，影片中許多人不知所措，海嘯吞歿前急速逃命，房屋和車輛全被席捲。

也許生離死別的一刻到了，強烈的海嘯引發了他內心的悲愴，他從來沒看過這麼大的災難，畫面令他驚恐，何況他愛的人可能就在畫面裡。他應該和她一起回去的，那天下午，他心急如焚。

他決定打電動遊戲，這是他常做的一件事，晴子覺得玩電動很懶惰，常常嘲笑他，但他覺得這件事讓他充滿鬥志，有益身心。只要他心情不好，他便玩電玩。

但這一次他卻玩不下去。

一直到晚上，莊終於才接到晴子的電話。

「對不起，讓你擔心了，我們的房子大量浸水，剛剛才帶著爸爸才抵達避難所，」晴子的聲音很鎮定，「我的手機沒電了，現在才可以插電。」

「啊，活著就好，知道妳還活著就好，」莊這麼說，說完也覺得自己說錯話，「你們現在在哪裡，還好嗎？令尊好嗎？需要什麼幫忙？」他一連串的問題，一個又一個，晴子根本沒時間回答他。

然後便是很長的沉默。

晴子安靜地說，「這個避難所是一個學校操場，剛好有暖氣很舒適，我把分到的毛毯分給爸爸，他最近動了疝氣手術，身體狀況本來就不是很好，我比較擔心他，我有羽絨外套。」

我現在不能肯定，我應該要改變我的生活，還是要去生活我的改變？妳能不能同時進行，在二者及二者之間呢。

「餘震又來了，」晴子的聲音似乎也跟著搖晃，「我先去看一下我爸，等下再打給你，」

左右我們命運的，是我們的決定，不是我們的遭遇。知道，莊君，但我信心不足。

莊開始大量搜尋福島的避難所，查詢仙台回東京的班機，這時，他才知道整個仙台機場包括機場的所有飛機全被海嘯捲走了。

半夜電話又響了，莊瞬間便按下接聽鍵。「這座城好像是小說裡的鬼城，也好像那個我做過的夢，」晴子聲音微細，她說，現在她才知道，「這世界上原來有這麼多人睡覺會打呼呢。」莊笑了出聲。

「我查過了，所有的火車和班機都停駛了，你可以等待一下嗎？我立刻訂機票，我可以請假幾天，先去東京，再設法找妳。」莊從接到她的電話後，都在網路上試著找班機和訂票。

晴子停頓了一下，「這座死城的人全部都想離開，你卻想來找我。」晴子的聲音很理智和冷靜。

這大約就是哀莫過於心死吧，莊想要安慰晴子，但又想不出要說什麼了。要不要我唱首歌給妳聽呢？

好啊，這一次是清脆銀鈴般的輕笑聲。

莊正要唱歌時，電話裡一片驚叫聲，有人被電視機中傳出的警鈴聲驚醒，莊聽到一些人慌亂的走動聲，莊停頓在最後一句歌聲裡。

什麼事？

沒事，餘震一直不停。

妳怕嗎，晴子？

不怕，我只是擔心父親。

電話結束後，莊沒有心情再唱下去，他又打開電腦收看新聞。福島核電事故，迫使幾萬人離家，到處都是爛泥洪水，一次又一次是那些道路分裂，寺廟倒塌，整座村莊被洪水席捲的畫面。

沒有人想到這麼大的海嘯會發生，沒有人想到核能廠會發生事故，政府似乎也隱瞞了消息，晴子父母的住處，離東電在大熊町的核電廠幾公里不到，他們不但房屋被毀，也是被政府通知要緊急疏散的居民。

第二天清晨，晴子在電話上告訴他，她和父親被告知二個選擇，一是可以搭專機去東京，名額有限且要自費，二是可以在避難所再停留下來。晴子的父親不願離開老家，所以晴子陪著父親留在避難所。

她傳來了三張照片，他們的三餐。第一張是一個飯糰加一瓶牛奶，應該是早餐。午餐和晚餐也是一個飯糰外加香蕉或蘋果，莊注意到晚餐那個飯糰上有加一片愛心，可能是紅蘿蔔之類的切片。

莊以當下所有的訊息判斷，福島縣核電廠的設施已緊急停堆，六個輸電場中有一個輸電塔已經倒塌，他估計情況非常危急，很快寫了訊息：晴子，無論如何，帶著父親離開，我已經透過駐日代表處幫你們訂位了，你和父親可以搭明天的飛機，晚上九點的班機，你們一定要下午四點去樓下集合，到了東京，我也為你們找到住處，一切都安排好了。

請聽我這一次。

我在聽，我會一直聽。

但莊沒再收到晴子的訊息，他以為晴子正在進行他的計畫，正在忙著準備和父親去搭機。到了四點，他收到晴子的電話。

「莊，我爸爸寧可死在這裡，我怎麼說，他也不要走，他要回家，」晴子聲音聽起來有點疲憊，可能在勸說父親，或者一夜沒睡吧，莊不知道要說什麼，除了要晴子留下父親，自己走下去前往樓下集合，他想說，但說不出口，「可是家園已毀了，怎麼回去呢？要回去哪裡？」

這一句也只是他與自己的內在對話，他沒說出來。

那一次談話，莊察覺到自己越來越焦慮了，晴子好像著涼了，說話帶著鼻音。他終於忍不住地做了結論：要死，我們二人一起死。「可是，我們不是說好要一起走過一次青春十八鐵道之旅？」晴子認真地回問他。莊這才又以輕鬆的語氣安慰她，「那妳更要趕快勸你父親一起下去集合啊」。

晴子答應了，雖說困難，但她要再去勸解父親離開。他們掛上電話。

但是他們最後還是沒有離開那裡。晴子說，父親以死威脅，她說不動他。偌大的學校操場，原本住滿了人，連走道都有人占位，但那天下午走了百分之八十五的人，只剩下幾十人不到了，留下來的都是附近低收入的居民，或者和當地居民有關係的人。

莊每小時都和晴子說一些話。他擔心輻射問題，要晴子服用碘片。晴子說她父親可能營養不夠，臉色越來越蒼白，有一天在臨時浴室還當眾滑了一跤。他們在等待日本政府通知他們下一個住處。但是，晴子知道，她父親想回老家。

老家？這二個字讓莊想了很久。

海洋系所畢業的他對環境和海洋生態也略知一二。他的夢想是早日上船，迎向風，踏上海浪，在船上研究鯨豚和藻礁。但福島核災後，他看完那麼多新聞，越來越有疑慮，他覺得晴子不應該留在朝北的家鄉，因為離核電廠那麼近，風是朝北吹動的，他不斷向晴子解釋，晴子只是靜靜地聽著，以至於他的音量也跟著提高，「你在生氣嗎？」晴子問他。

不是生氣，我只是激動。我覺得妳好像不想聽我講下去，車諾比核災的影響，殷鑑不遠，這妳明白嗎？這四個字，妳懂嗎？雖然這次福島的情況比車諾比好，但還是令人擔心。

晴子也激動了，莊君，你能了解有些人寧可死也不願意離開家嗎？我父親說，離開家，離開我母親的魂靈，他不知道要去哪裡，要做什麼。

她的聲音很平靜，她說，父親擔心如果他離開了那裡，「母親的魂靈會不知道哪裡去找他，他就是這麼一往情深地愛著我逝去的母親啊。」

「我可以想像那樣的情感，」莊的聲音變得一絲不確定。他開始明白晴子也無法拋棄她父親，她不可能隻身前往東京。

晴子的母親已經過世二年了，但她的丈夫卻一直未從哀慟復元，現在又遇到大災難。現在，莊才明白，晴子應該無所依靠吧。

「那政府有告訴你們什麼時候可以有落腳處嗎？」政府這二個字聽起來有點奇怪，莊也不知道他的日文字拼對了沒，晴子聽懂沒，政府是什麼，他自己也不清楚，但他心裡早已計劃去找晴子，不管未來是不是世界末日，他都想和晴子在一起。這個想法安慰了他。

晴子和父親隨後被告知應往南下，他們分到一間簡單的組合屋，她父親仍然行動不便，極可能是心理因素，他的左腳越來越腫了，他告訴晴子，他要回去找他的貓。

「我一直努力在回想人生的美好，」但什麼是美好的回憶呢？晴子寫給莊，「好像我都不記得了，我連你的笑容，你的味道，都不記得了。」

「任何人面對災難都會如此吧，」莊像個長輩似地安慰她，「不必難過，現在只是混亂，美好的自然慢慢會沉澱下來。」他覺得自己是個直男，他必須照顧她，給她人生答案。

後來的莊才懂得，晴子並不是向他尋求答案，她是尋求他的理解。

第二章——

莊和晴子繼續的訊息：

我們會很快相見。

好的，那時就不再黑暗了。

莊積極地安排他的日本行，他更認真地收看ＮＨＫ，雖然很多訊息他聽不懂，但靠著不斷地重聽，還是可以明白，日本國正面臨嚴峻的考驗，他可以想像晴子所處的現況，他更確定自己可以為晴子做什麼。

他買了機票，但要結束替代役，春末，他才能起飛。那時的雪怕都融化了吧？他問晴子，他一直那麼嚮往北國的白雪。他知道低溫對處於災難地的人，生活更為困難，但他心裡的畫面是在北國的火車上，和晴子緊緊相依偎，看著天地茫茫雪花飄飄的大地，一起分享他們的夢想。他是南部來的孩子，從小有那樣浪漫的念頭。

那一個月，晴子發過許多照片給他，莊看到了組合屋，也看到了絕望和希望。

一排鐵皮屋的中間一間，房子隔成二間，晴子的父親睡裡面一間，晴子的床旁邊就是廚房。她每天下廚，他們能吃的仍然不多，大部分也是老遠由慈善團體送來，她為父親做了壽司和味噌湯，也做了中華炒麵，她的父親慈祥地對著鏡頭，屋內開始有些人氣，莊和晴子視訊時，她的父親腳腫消了一些，他會慢慢走出去散步，所以他們的談話多半也不長，因為室外溫度仍然很低，他們擔心講太久，會讓晴子的父親在外受凍。

晴子，下個月我就在妳身邊了。

莊，如果是現在就好了。

晴子的聲音哽咽了。莊想安慰她，但她父親已散步回來。在畫面上，晴子看到父親，立刻向他道歉，她告訴他，「不要淋雨呢，雨水的輻射量非常大，」他們的談話中斷了。莊想像著一千公里外晴子的住處下著雨，那灰濛濛的天空。

「晴子，」一個人時，莊內心會呼喊這個名字。

那一次是莊和晴子最後一次說話。

之後，莊再也無法聯繫上她，手機關機，電子郵件和 Skype 訊息也沒回，莊突然發現，他不知道晴子的住址，甚至不知道組合屋地點在哪裡，他打電話到日本，四處打聽，好幾個晚上睡不安穩。

莊設法出發到日本，他桌上電腦的螢幕是海嘯的福島的現場，他盯著螢幕，感覺海嘯似乎又要席捲而來。

彷彿是一個類似的惡夢，他的夢中也有晴子當時告訴他的惡夢內容，末日到了，他們好不容易搭乘上船，但他不知道他們即將遭人背叛隱瞞，船隻即將沉沒了。

終於，他的長官認為莊工作表現優異，從未缺席遲到，他同意讓莊提前一個周末結束替代役。莊改了班機，踏上往東京的班機。

莊行色匆匆，短暫在東京過夜。事隔一個多月了，他都還能感受到居住在東京的人仍驚慌未定，大家心情都很沉重，不過日本人對他的行為倒是很欣賞，因為他是捐獻日本的台灣人，那個要前往災區的台灣人。

楢葉町已封鎖，人口全數撤離，那原來也只是個小鎮，人口才二千人，現在是一片廢墟了，莊打聽著晴子和她父親的下落，打聽了前往福島的可能性。

他從來沒想過和晴子重逢會這麼困難。

沒有人想要去福島，只有他。他一個人站在上野公園的樹蔭下，揹著背包往地鐵去，從八重洲口搭巴士前往磐城，巴士旅客只有寥寥數人。沿途他睡著了，醒來時，所見皆觸目驚心。樓房倒塌，四處汙泥。

他在磐石一間足湯旅社住了一晚，不但沒有溫泉，連早餐也無供應，他一大早便起床，開始準備步行至楢葉町。

因為沒有交通工具，莊每天步行，他也住進避難所，他打聽到楢葉町的居民應該是住到更遠的組合屋，他戴著漁夫帽，身上揹著雨衣和簡單衣物與食物，他像雲遊僧，更像苦行僧，因民宿缺乏，有一天他露宿公園，還好天氣開始不那麼冷了，他就睡在公園路燈下的石椅上，至少燈光帶給他些微的安全感。

不知哪隻鳥在他頭上丟下排泄物，他睜開眼睛，望著天空遠去的鳥隻，他已經走了五天，終於來到人們指示的所在，他在最靠近楢葉町的全家商店買了伴手禮，走進晴子和父親的住屋，介紹的人指著一排屋子的中間，倒數第三家，他終於找到了晴子的住處，深吸了一口氣，在屋門口敲了門。

組合屋的巷口懸掛著錦鯉旗，微風輕輕地吹著錦鯉，他忐忑地敲了幾次門，沒人回應，莊在門前站了好一會。

不知哪裡鑽出來的一個孩子告訴他：他們好久沒回來了。

莊試著從一窗口往內看，屋裡只有簡單的家具，他記得視訊時的客廳有二盆植物，而眼下屋前的植物似乎有些乾枯。屋內似乎沒有人氣，也沒有魂靈。

那孩子抱著一顆球陪著他，他問孩子，「他們多久沒回來了？」很久了，很久是多久，「不知道，」那孩子跑走了。

莊聯絡到災民組合屋的救援人員，他們說住民有可能外出，給了他一個手機號碼，還是晴子的號碼，莊一直撥出電話，但沒人接聽。

這世界這麼孤寂和荒謬，莊坐在組合屋門口等了許久，沒有人回來，他在門口睡著了，清晨，幾個鄰居圍著他說話，先是懷疑他動機不良，接著又關心他是否病了。

他們告訴他，晴子和她父親住沒多久就搬走了，有人說，晴子的父親想回老家，或許他們已經回去了，但另一個人說，不可能，那裡現在仍是死城，根本沒人敢住。還有當地全面管制，不准人員出入。

莊一個人離開組合屋，走到附近靠近森林的空地上，夜即將降臨，他好像聽見晴子的笑聲，他握著樹枝，tu me manques，他想起晴子也在學法文，她特別喜歡這個句子，她告訴過他，法文的意思和英文不一樣，不是我想念你，而是我少了你，他現在覺得這個句子那麼貼切。晴子，思念是那麼強烈，但有什麼比不知道所思念的人在何方更糟？

他想告訴她，我少了妳。我的世界唯獨少了妳。

有一位日本男人騎著自行車往他的方向，莊當下的心情不想和人說話，他站起身，揹上他的背包打算往另一個方向。

「抱歉，」請您等一下。那人跳下自行車，向他鞠躬，他們不但知道他在找尋晴子，還有事情要請教他。莊和他走回社區，那人推著自行車，一個客氣有禮看起來像個男孩般的中年人，莊沉默陪著，二人走回社區一個服務處。

男人用零錢買了二瓶飲料，他把一罐氣泡水給了莊，他們坐在客服中心的一套會客座椅前，一位頗有年紀的女子走了進來，他們都坐下來和他對話。

他們是別的城市來的志工，那女子告訴莊，他們發現晴子和父親不見蹤跡，他們正在尋找他們的下落，想知道莊和晴子的關係。

「她是我的未婚妻，」莊脫口而出，自己也被這個說法嚇了一跳，那是他此刻的情緒，是的，晴子像他的伴侶，她像他的妻子。

微胖的女士取出一份資料，她的眼光有一絲憐憫，「您知道他們都是病人吧？」莊沒立刻回答她，晴子溫柔的聲音在耳際響起。

「莊桑，就算歡愉也是稍縱即逝，就像流水經過手指，我們什麼都抓不住。」晴子最近談話的聲音猶在耳際。

莊對那女人點點頭，他說他知道，晴子的父親腳腫，可能有痛風。「嗯，您知道晴子的情況？」莊想了一會，「她還好，有得過憂鬱症。」

「她十五歲起便開始看精神科醫生，曾有嚴重的幻聽現象，嚴格說，這不祇是憂鬱症，必須固定服用抗精神藥物，但我最近卻找不到她任何回診的紀錄，」她和她父親已經二週沒回到社區，「我們已通知楢葉町警方，但到目前為止，那邊也還沒有回報。」

他們再度給了他晴子和她父親的手機號碼，不但他們，他自己也繼續打了幾次。電話就是沒人接聽，雖然光天化日，但他覺得自己像面對全然黑暗的夜，孤單無助的深淵。

莊向他們要了晴子老家的地址，他們告訴他，楢葉町目前不准進入，就算他們偷偷返家，生活狀況也會很艱難，不但沒有食物，也不會有水電，生活會極度不適。

莊堅持要了地址。那女人似乎有點同情他，至少她的眼神看得出來，她終於給了他，並交給他一個輻射偵測器，因莊的日文不夠好，她花了很多時間教他怎麼使用和求生。莊一一做了筆記。

莊從那裡開始走路，因為迷路，他走了七天，他的鬍鬚已經長了許多，身上也有刮傷的傷痕，因為睡在戶外，一直沒睡好，看起來非常疲憊。

晴子的家園是災區，他按照地圖，沿路問路，但因災情大家心情不佳，大多數的人不知道怎麼搭理，尤其他那腔調有點像九州人的外地日文，每每提到災區的地名就讓人睜大眼睛，嗯，什麼事，怎麼了，有什麼問題？莊無法解釋，問路也常徒勞無功。

莊終於來到晴子的父母家，大門已殘敗，屋頂也全傾圮，前院雜草叢生，莊走進客廳，榻榻米浸泡過水又慢慢曬乾已經發出異味，客廳的家具已被清空，因為客廳的門全毀了，看起空間寬敞空曠。

「晴子，」他輕輕喚了一聲。

客廳的透明布幔被風吹動著，在剎那中，莊以為是晴子從房間走出來。

晴子？

但四下無人，他走進廚房，廚房的水龍頭倒是有水，莊打開冰箱，冰箱是空的，但冰箱上面的籃子裡有瓜類和水果。他拿起一隻櫛瓜時，冰箱上的鍋蓋掉在地上，轟然聲後，莊聽到廚房外也有聲響，他走出廚房，看到後院裡一個戴帽子的男人，他正在餵一隻鴕鳥，那隻鴕鳥非常瘦削，身體光禿禿的，似乎也經歷浩劫。

男人回過頭看了莊，他似乎沒有任何驚訝，「找誰？」他問了一聲，繼續餵食鴕鳥。

在莊還沒回話前，他瞬間想起，「啊，是你，」上了年紀的男子垂下眼瞼，「請進，我是晴子的父親健太，」他放下手上的一包堅果，走進房間。在廚房的另一側，原本是餐廳的地方，他架了露營用的帳篷，帳篷旁有一個木箱，木箱上放著一幀他和一個女人抱著一個小女孩的照片，應該是全家照，女孩可能是晴子。他大約就這麼住在這裡。

晴子的父親取了茶具走出來，廚房裡有個煮火鍋的瓦斯爐，他燒水泡茶。「我和晴子從社區裡回來一段時間了，」晴子的爸爸以自責的語氣述說，他執意回家，她陪他偷偷回來，把這裡整理了一遍，「好像要確定我不會餓死，」晴子的父親看起來非常傷心，他停頓了好一會，「然後她便不告而別了，」莊有點驚訝，「她會去哪裡？」

原來晴子的父親以為晴子回組合屋了，或者準備出發去找莊。她沒和我聯絡，我剛組合屋來的，她並不在那裡。

晴子的父親驚訝無比，陷入沉默。那樣的沉默讓莊感到窒息，莊站起身走到後院，他一個人站在後院，深呼吸了幾次，他看了那隻孤單瘦弱的鴕鳥一眼，他好像聽到連鴕鳥也嘆了一口氣。

晴子本來就不太喜歡用手機，晴子的父親說，他打過好幾通電話，以為她手機壞了。「我們是否該去報警？」莊問，晴子的父親沒說話，他目前是違法居住，而一旦報警，就會被強制驅離，而且彷彿預知什麼，但沒表達，「我們該如何確定她是失蹤呢？」晴子的父親陷入煩惱。

他告訴莊，他們父女在回來之前便討論了很久，晴子支持父親的決定，只是她也說過，她不會在這裡陪他住太久，「請原諒我，我想去找莊桑。」

晴子的父親把她留下的字條給莊看。莊重複著看了好幾遍，那字條上的每一個日文字他都懂，晴子一一列表告訴父親，生活上要注意的每件事。莊重複地看著這些字，她最後的手跡，「請原諒我，我想去找莊桑，」但不是要來找他嗎，晴子究竟去了哪裡，為什麼再也不聯絡了。

莊在晴子家住了下來，他就睡在無門的客廳，他和晴子父親一起清理他的農地，清除垃圾，並且清除土壤的表面，他們把至少十五公分的輻射土壤挖了出來，放進政府發放的塑膠袋裡，他們處理了一大半的農地。

二人只能簡單交談，每天用過早餐，帶著鋤頭便開始工作，那樣過了一個月，有天，他們找到了一輛挖土機，莊試了一下，因為他身手比老人敏捷，健太讓他使用，二人一直很有默契地工作著。晴子父親體力不是那麼好，中飯後，健太會午睡一段時間，莊就自行工作，他和他的挖土機一起勞動，他不停地挖，他覺得自己在向晴子對話，他這樣和她的土地對話。大地之慟，有一天，莊突然意識到這四個字，他坐在挖土機裡停了下來。

莊每天都聯絡那位之前在服務處接待他的女人，晴子一直沒回到組合屋，他每每黯然地掛上電話。那一天，晴子的爸爸用他收集的野菇煮了烏龍麵，但莊沒食用，「怕有毒嗎？」莊搖了頭，他那時沒有食欲，但還是和老人一起吃了麵。

「我不知道晴子發生了什麼，你還年輕，跟我不同，我已經六十歲了，人生早活了一大半，回到家鄉，我沒有遺憾，不過，你還是應該往前看……」老人流淚了，他已經泣不成聲。

他無語地陪著晴子的父親吃完那一餐。

第二天，晴子的父親交給莊幾顆種籽，那是他原本想在秋天時種的銀杏樹，他知道莊非常愛銀杏，因此給了他，他並交給他一包晴子留給莊的信物。「去過你想要的生活吧，」他雖這麼說，莊聽得出來他的語氣充滿不捨。莊不想再說話，他不想聽到自己說出什麼不對勁的日文。

莊思索多天後，把種籽和信物放進背包，離開了晴子的父親。他一個人在附近沿海岸線走路，又上了火車，要尋找一個人怎麼這麼難？要遺忘一個人怎麼這麼難？

那是一個相框，裡面裝的是晴子初識莊的合照，還有一條純金的項鍊，一張便箋上幾個日文字：ずっと一緒だよ。

他幾乎每二天都會到警察局查看尋人報告，他想，或許剛好會看到晴子的下落，或者，甚至他也曾想過，或許警察局會告訴他，他們找到晴子，是他無法面對的，他們找到她的屍體，他害怕這樣的結局，但，還會有什麼別的結局？晴子不要他了？和另一個男人私奔？

晴子到了另一個城市，匿名埋姓過日子？又或者，晴子跟他一樣在街頭流浪，只想感覺自己還活著？

他覺得自己似乎不正常了，無法正常地考慮所有的事情。

他到一些給露宿者住的地方，一半是身上的錢不夠了，一半是想體會街友和遊民的感受，或許可以打聽晴子的去處，雖然他不認為晴子會來這種地方。他在路上讀「狄金森」的詩，晴子在台灣買的，離開時留給他的詩集。

晴子父親給他的晴子手飾，可惜他戴不上。他仔細收藏，還有那隻輻射偵測器，剛來時，他常按那隻儀器，因為它總是嗶嗶作響，但覺得無所謂，因為他把它當做晴子在向他打招呼。現在儀器不太響了，他居然希望它響。

他回到台北。

他母親幾乎認不得他。她說，那個陽光男孩怎麼不見了，他不再傻笑，「不再用餐時看電視，食物掉滿地，」她也很驚訝這個改變，「房間不再一團亂，」他變了一個人，他變得很沉靜，很瘦，他不再出門。

有一天，他在玩電動遊戲，不小心碰觸到那隻輻射測試器，他拾起時，測試了一下，他看了數字，略為驚訝。

他覺得他有好多話要告訴晴子。

第三章——

要到後來，
江詠雲才能明白：
她想像什麼，愛情就是什麼。

江詠雲看著手機上的地圖，抬頭看了一眼大樓的招牌「二〇二〇倫敦時裝秀」，她跟人群往內走，經過檢查的掃描關口，她走進會場，坐了下來。

她傳了訊息給她的教授亞歷山大，是他邀請她來參加。他沒有回訊。

會場燈暗下來，觀眾也安靜下來。音樂展開，第一位女模特兒走了進來，是淨色單品，南美洲民族風格的服飾，大地色調，著重衣服簡單質感。

江詠雲坐在第二排，她的前面坐著二名竊竊私語的貴婦，攝影師急著搶鏡頭，幾位模特兒已經走秀完畢，秀氣的日本服裝師和女模特兒走出來謝幕。

第二場秀是亞歷山大的節目。她為他專程趕來，他的主題是永續原料，材料皆來自海洋垃圾回收品。那是她的功課，她曾給他看過她一些草圖，「感覺還不錯」，當時他這麼告訴她。現在她看到他把這個想法化成作品，顏色更為鮮艷，她以他為榮；當一個模特兒戴著回收紙盒製的帽子走出來時，她才意識到，他使用了她的功課內容。她深吸了一口氣。

亞歷山大是江詠雲在倫敦服裝學院的教授。他教的是時尚文化，因在一家名牌服飾當過首席設計師，不但在服裝設計界大名鼎鼎，還對打版、剪裁等實務都很熟悉，人長得又高又帥，以前甚至當過模特兒，他的課因此是大熱門，江詠雲當初也覺得不能錯過。幾次上課，江詠雲覺得教授的眼光常常落向她。

有一次下課後，她和教授在校園不期相遇，他邀請她到他的辦公室坐一下，江詠雲去了。他去泡茶給她喝時，她看到他書架角落有一幀三人合照，他應該是和一位長得也像模特兒的亞洲女子生了一個孩子。

你從哪兒來的？喜歡倫敦嗎？亞歷山大和她聊起他的日本經驗，他非常喜歡日本，對日本文化和時尚有一定的觀察。她告訴他，她也喜歡山本耀司和川保久玲。

噢，他說，他高中畢業那年，有幸在巴黎看了川保久玲的第一場時裝秀，從此立志學服裝設計，當時一個接一個模特兒魚貫而出，身著黑色並且都是破洞的服裝，現場人士都被那氣氛震懾住了，時尚巨頭對這場反流行的原始教義派設計風格發出讚賞，媒體稱之為乞丐幫或汙衣派，有人說是瑞士奶酪，其實川保久玲抓住了一個非常重要的訊息，在那麼多年後，她以服裝複製了廣島核爆現象，傳達一種廣島精神，所以，是真正的時尚。

亞歷山大是前輩並且是她的教授，江詠雲多半聽他說，她喜歡他講英文的 Essex 腔調，他真的懂服裝文化史，他講話有內容，還有，她喜歡他的英式幽默。

他們交往了一陣子。一起上餐館，最後也上了床。

為什麼是我？那時在她住的公寓，他穿襯衫和短褲，在喝礦泉水，坐在廚房的小桌前吃麥片加牛奶。

他沒回答，過一會，「又來了，妳的問題。」

認識他後，江詠雲發現，他總是一副超然的樣子，她聽得懂他的英文，字字句句都明白，但說了又像沒說，談話後，她總覺得自己像站在無人的霧中。她也不敢多問，彷彿若直接問了什麼，他們之間便會斷了關係。

她不知道為何她會這麼想，可能是她過度理想化了他，她怕知道什麼她不想知道的。你喜歡來時的感覺，還是，現在要走的感覺？這是她的訊息。妳總是有妳自己想像關於我的故事版本，但那是妳的版本。這是他的訊息。她真想知道他的版本又是什麼。

在看完他的時裝秀後，她心裡有二種感覺交戰，一是她喜歡他的品味，他能夠把她的想法表達得更完整，一是他偷竊她的想法。

是愛情嗎？還是自我欺騙？她的心理掙扎已經大到必須去看心理醫師。她也去了，印裔的英國心理醫師冷靜地說，他有可能是名自戀者，妳在他面前會自卑，有可能，是他讓妳感到卑微，那是他的自戀，而妳愛上一個自戀者提供給妳的幻想。

要離開他只有斷絕來往，要不，妳就不能要求任何結果。他告訴她一個妙方，那妙方是不再聯絡（No Contact），怎麼樣都不需要聯絡。

江詠雲沒再和那名心理醫師分析下去，她去看了另一個心理分析師，那人是榮格學派，他說，江詠雲是一個有父親情結的人，她必須去找童年經驗，從創傷裡回溯她自己為何會和他有這種情感問題。

她確實懷念父親，但她不覺得自己在找一個代替父親的人，而且她父親也不是從前那個父親了。她再也不去修他上的那堂課，去學校時，也避免去那棟大樓，必要時她小心經過，她沒有封鎖他的臉書，但不再回訊息。

後面這位心理醫師建議她告假去旅行，那是一種治療自己的方式。她得到學校的許可，英國政府有補助，她也向母親借了錢，於是便從倫敦出發到諾曼第去，然後一路從法國到希臘，轉到美國，她花了三個月在路上，大半的時間都在海邊。

江詠雲從小就非常愛海，經常去海邊玩，她可以躺在沙灘上一整天，或者就只是靜靜地聽著海浪。她喜歡蒐集貝殼，而且已經蒐集了許多。

到夏威夷時，她曾經和一位吧檯主東尼聊天，東尼是衝浪者，他向她提及巴西好手

Koxa 曾經騎過廿四點三八公尺高的浪頭，而東尼相信廿公尺對他不是什麼新鮮事，他曾經是職業衝浪手，但是耳疾使他退了下來，因此在茂宜島住下來。

江詠雲對東尼的耳疾有興趣，東尼的耳疾是一些衝浪者會患的疾病。因為長期吹風和海水灌耳，耳道因此有異常的骨質增生，這又叫衝浪者的耳朵。一般這種外耳道增生骨疣並沒有什麼症狀，但東尼的耳朵感染了細菌，並且逐漸喪失聽力中。

江詠雲好幾天去找東尼聊天，他一股腦和她說了好多衝浪的那些事。

江詠雲因此專程到了 Honolua Bay，看過一些人驚心動魄的衝浪後，她對那些能解讀海浪語言的人深感佩服，他們幾乎與海洋化為一體，達成天人合一的境界，讓她嘆為觀止，從此衝浪這個影像便深深地刻在她心底。

就在那一天，她搭車回到小旅館，看到好多人在旅館前議論紛紛，她走回房間，打開電視，才知道福島發生了大海嘯，接下來，她足不出戶，目不轉睛地看著電視新聞，福島核電廠發生事故了。

江詠雲看到十幾公尺的大海嘯席捲而來，車輛和房屋被海水衝走，而核電廠面臨斷電全黑的狀況，隨時有可能引發爆炸，她感到不寒而慄，決定結束飄流般的旅行。

在茂宜島返回加州的飛機上，鄰座的男人很多話，她勉力和他交談，他用意良善，從福島核災談到環保，他問她：妳的衣櫃裡有多少衣服沒穿過？百分之八十。江詠雲回想起來，一些衣服甚至連標籤都沒拆下，他繼續問她，妳知道平均每個美國人一年大約丟掉多少衣服？三十七公斤。一年大約有九千二百萬噸的衣服和鞋子被丟到垃圾桶。他說個不停。

這位服務於服裝工廠的先生有點憤世嫉俗，她在等待往市區的巴士時和他道別，在加州旅館孤狗時，她才警覺到，他說的一點都沒錯，服飾製造業製造了非常多的服裝垃圾，大多數都無法回收。

就是那趟旅途，她開始認真打算學衝浪外，她也思索自己學習服裝設計的意義。

那也是因為她對一件被單念念不忘。那是在茂宜島上的一家民宿，房間床上鋪著一條美國被單，江詠雲好喜歡那條被單，民宿女主人凱莉說，那被單上縫了許多她兒時穿過的衣服碎片，收集的是她從小到大的衣服記憶。這是凱莉外婆縫給她的被單（quilt），是她十八歲時的生日禮物。

那件被單使江詠雲豁然開朗，她知道人生接下來要做什麼了，她要把她學到的時裝設計放在這個想法上，這不但是她的畢業作品，而且是接下來的服裝設計方向。

回到倫敦後沒多久，江詠雲竟然在電視上看到亞歷山大正在接受訪談，「我們應該回到人類文明的源頭，使用可以回收的紡織材料，而不是為了設計而設計，呃，沒錯，一個永續的概念。」節目中也播出那次他的時裝秀作品，令她又激動起來。

她曾和他討論過時裝材料這個議題，大部分的材料都不能回收，許多人也陸續研發永續的材質，但她無意往紡織業發展，那也不是她的興趣，她純粹只對不再浪費資源這件事有興趣，這是那條美國被單吸引她的主因。

或許，她不能單方面覺得他抄襲她的功課，可能她也在無形中受到他的影響吧。他打過一次電話來，她不敢接聽，不回覆也是一種回覆，江詠雲這麼想。

她對她的畢業作品已有了想法。她把自己在倫敦三年穿過但不再穿的衣服整理出來，並詢問了所有認識的人，她根據自己的生活回憶，編織了一件外套，上面有剛來倫敦穿的牛仔褲，因為破洞越來越大而沒再穿，那件夏威夷旅途中買的厚質T恤，因洗衣不當，完全染壞了，她剛來倫敦在路邊撿到一個維多利亞時代古裝上才會有的鈕釦，朋友不要的皮褲等，她把它們剪裁成布塊，再縫補成衣。

於是，好幾月沒再見過他，從旅行回來後，只專心於自己的畢業作品，她想過他，當她難過的時候，她覺得其實他並未給過她什麼，並沒有什麼可以回味。有的話，就是他的調情訊息，有誰寫得過他，但在日常生活上，他們沒有太多互動，她也想過，或許他那些調情訊息也可以傳給任何人。

他反駁她。他的語氣裡帶著權威，彷彿是她的父輩，有時甚至還有命令的口吻，是誰讓他這麼說話？她愛恨交加，在心裡詢問自己，並且打算從此遺忘這個人。

但她沒做到。他只消在站在學院大樓外等她一小時，她便投降了。她答應和他去喝咖啡。

他需要一個像她一樣的聽眾，他需要一個像她一樣的人，一個崇拜他的人，一個仰慕者。

但她不再那麼仰慕他了。

她看著他，很驚訝地發現，他穿西裝的肩上竟然有頭皮屑，他從來都是她夢想中的人物，像影片的男主角，現在面露倦容地坐在她面前，像個不合時宜來應徵B咖的演員，原來，他們只適合彼此活在彼此的幻想裡。

只是來向妳道別，他說。

那只是一剎那間的錯覺，她以為他從雲端上掉了下來，已經成為平凡人，但不到幾分鐘，他又恢復了原狀，開始講述他的豐功偉業，他的過去，他還是那個「偉大」的他。只是他的妻子現在不再工作，都在家裡帶孩子，而他和那品牌公司的合約沒有續簽。

「我看過妳的畢業作品的草稿，」他說，她以為他會像以往一樣批評，他總是有許多自以為是的理論，她在心裡揣測他會說什麼，而且無論他說什麼，她都不會改變主意。「妳那件衣服上有任何關於我的回憶嗎？」他問。

她笑了，「並沒有，」因為她刻意移除了。

「我希望妳做一件有關我們回憶的衣服，只有我們，妳和我，」他說完又加了一句，「我是開玩笑的。」

你是開玩笑的？

呃，妳覺得是什麼就是什麼。

我們就這樣了，江詠雲心裡很激動，因為她知道這會是最後一次看到他，此時此刻，但她傾向不告訴他，是愛不是恨了，她只希望之後他發現這一切太遲時心生後悔。啊，這就是她的愛情。

一切已太遲，她看著桌上已空的咖啡杯。

告別時，教授輕輕地擁抱了她，好像想說什麼，但又沒說，只點了頭，於是，江詠雲轉身離開，再也沒有回頭了，她離開倫敦，回到台灣。

第四章——

她在沙灘拾撿到貝殼，
那一封封珍貴的海洋情書，
使江詠雲更嚮往純粹的情感。

江詠雲回到台北，先是和母親住在一起，「妳真的不能再任性，」她的媽媽是國小老師，目前人生目標是提早退休，另一個責任就是要改造女兒，「這裡是台灣，妳不能再用英國人的思維，」二人因此常難以溝通，「媽，別想改變別人，妳先改變妳自己行不行。」江詠雲這麼說時，她媽愣住了。

江詠雲的父親在這幾年查出肝癌後，已成為佛教徒，他接受了人生無常，常常參加法會誦經，肝癌指數也維持在正常值，他任憑妻子教養女兒，不再強烈表態，他的上師告訴過他，她的女兒不會有問題，他大可放心養病。他也常常去海釣，愛上了釣魚，釣完魚後，又會自己做料理，若吃不完，便做魚乾。

江詠雲和爸爸因此關係有所好轉，雖然二人仍不太說話，但他不再嚴厲相對，使她對父親的恨也慢慢消解，她吃他做的魚，沙西米或煎魚，甚至烤魚，不管好不好吃。她關心他的健康，為他網購營養品。

她媽媽是個韓劇迷，雖然多少自傲於自己的高教育，也和丈夫學習修持，但她在學校常責罵學生，回家會找女兒的麻煩，「妳怎麼朋友這麼少？」她有點擔心地問，至於江詠雲常聯絡的麗莎，「我覺得那個女孩是敗家女，」母親懷疑過江詠雲有亞斯伯格症，有一次她要女兒填寫一份問卷，江詠雲幾乎像開玩笑般地亂給答案，她媽媽很鎮定地說，「沒錯，妳完全符合亞斯伯格症候群。」

這些年，江詠雲和她高中同學麗莎生活都改變不少，但都對服裝設計深情不忘，她們一起找房子，找到北海岸去了，因為江詠雲想練習衝浪，而麗莎也想搬到空間大一點的地方，她有滿牆滿箱的衣飾和鞋子。她們找到了一棟富人不想用的別墅，別墅主人長期住在國外，房子已像廢墟，房租因此很便宜，二人搬了進去，自己裝修和油漆。

江詠雲認真和教練小黑學起衝浪，小黑教她如何觀浪、判浪，了解浪潮如何成形，浪流又如何歿去，她獲益良多。

麗莎的生活習慣和人生想法和江詠雲完全不一樣，但在服裝設計的品味雷同，二人成立了工作室，她們想收集和重做二手衣，改造時尚，做一點永續的事業。

她們去了舊衣回收場和一些公益團體的回收中心，發現有些慈善團體真的將舊衣洗淨送到非洲或偏鄉地區，但也有將舊衣賣到大陸，回收中心的人承認，現在成衣太便宜了，洗淨和運送的成本都不夠，所以乾脆讓人索取帶到跳蚤市場去販賣，「運費外加一百五，」江詠雲聽著一位穿著時髦的男生大聲在講手機電話，她於是和他大吵一頓，「你們根本在做網路生意。」麗莎將她拉到一旁，「沒關係，這都是廢物利用，大家各索所需。」

麗莎買了她的大狗，江詠雲買了新的裁縫機，她們在FB和IG張貼了想法，開始一場舊衣大改造的運動，江把以前穿過的背心改做成雙肩包，麗莎把一件大T恤切成一半，改造成洋裝，她們也做了編織，把衣服改成杯墊和抱枕。江詠雲也進行一些舊衣繡補，做了第二件記憶外套，她們把這些成品全放在網路上，果然有人注意到了。

「竟然比新衣服還時尚，」這是一些人的留言。有幾個人將捨不得丟的記憶和衣裳照片傳過來，要求量身改造。

江詠雲的父母開車到白沙灣來找她，爸爸沒說什麼，只點點頭，便走向屋外，他想看看大海，媽媽卻一句，「這是什麼狗窩，」他們走前，她媽還丟下一句話，「一定要走這種乞丐風嗎？」她不知道那被她稱為補丁衣或乞丐裝的衣服引起網路討論，並且已吸引了好多顧客，他們喜歡大廓型的未來感，所有的破洞、毛邊、刺繡和補丁都已經成為時尚。

江詠雲經常去找小黑練習，他要她觀察浪點，要她趴在浪板上先滑水，然後試著站上板去，浪不大，但她站上去跟著浪潮往前時，她真是驚喜，她好愛那種感覺。

浪高一米，浪頭朝北，中潮，方向左右跑，「很適合新手哦，」小黑是一個帥氣十足，講話有原住民口音的人，他說，給他一塊枯木，他也可以衝浪給她看。江詠雲看過他衝浪，他真的無浪不衝。

一次黃昏，小黑走了以後，江詠雲一個人站在海灘上，四處無人，麗莎和狗已晃到遠處。她抱著衝浪板走入海水，內心充滿寧靜。她游進海裡，時潛時浮，雖意識到天色逐漸暗沉，但卻沉浸在那感受當中，沒發現自己越飄越遠，舉目望去，她才發現，驚嚇極了，她已經回不去了，再也看不到沙灘。

她不知道她怎麼活過來的，麗莎打了一一九，消防大隊立刻派出救生員，她失氧過多已昏迷過去，醒來時是在醫院。

她醒來時想到一句話：我的痛苦是你的救贖。她在那最後一刻還想著亞歷山大，雖然她再也沒和他聯絡。他幾乎就像條蛇皮很美但有毒的蛇，她才摸觸一下，便逐漸中毒，都已經離開他一年了，毒性尚未褪去。

他提供了那宏偉的幻境，極致的夢想，他填補了各種色彩，變換了各種人生戲劇場景，他活在他自己塑造的形象中，而她是他的白色噪音，她成為他的夢幻道具，他看不見也摸不到的魂體。

原來已經一年過去了。

原來這段戀情在她的靈魂上留下這麼深的烙痕，而且分明是一個不適合的人。

啊，他就是那樣子，既是天使又是惡魔，他不笑時好嚴肅，笑起來卻像個孩子。

他。這個字是形容詞，他們在一起時，你，這個字也是形容詞。就是你，那就是你。你，這麼你。那是歷史性的一刻，在江詠雲的情感生活中，無可磨滅的一段時間，它告訴她，要活下去只有轉身離去。

後來她繼續和小黑上課，衝浪板也踏得穩定，身體更為平衡，心裡的陰影開始褪去，她和它共存，在逐漸和大海對話的過程中，她開始在密集的思念中找到一些寧靜，時間的空隙。

衝浪似乎讓她的心病慢慢痊癒了一些。

白天她和麗莎工作，黃昏時，她們會到沙灘散步，她們的私人景點，偶爾她撿到貝殼，想像它們傳遞著什麼神祕的訊息，偶爾躺在沙灘上，看夕陽西下，她看著麗莎和大狗追逐著海浪。

江詠雲逐漸發現，台灣的海景真美，但沙灘真的太雜亂骯髒，甚至還夾雜著垃圾。一次，她們開車到更遠的沙灘，經過一個垃圾海岸，數不清的垃圾袋、寶特瓶、鞋子和不明物體，在浪花中翻滾、攪動，她幾乎快嘔吐了，在一剎那中她做了決定，她每天要花一點時間來清潔海灘。

她們撿過太多菸蒂、牙刷、打火機和保險套，最多的還是寶特瓶。

但充滿垃圾的沙灘其實很長，無邊無際，無論是地理空間或時間，「它就像你我那荒蕪和被腐蝕的心，是一種隱喻和象徵，」她在臉書引文感嘆，但每當她清理收拾沙灘，自我感覺便舒坦些，她感覺像在掃拂自己的心靈空間。

「多少次，多少人，多少時候，我們任憑沙灘死去，我們麻醉了自己，我們任憑自己的軀體慢慢死去。」她在臉書上又貼上這些文字，並上傳照片。

她的發文引起大量留言，「真不忍看到那麼巨大的毀滅。」許多的驚恐和愛心的貼圖，「難道純潔無助的台灣海岸啞口無言，只能接受暴力的摧殘？」

江詠雲又貼文說，沒有指責，只有疼惜，她是帶著拯救自己的心願，每天的淨灘，是向海洋祈禱、冥思及對話，因為她渴望一顆乾淨的心。

她把撿到的貝殼和一些廢棄品全收集在一起，做了一些加工，在短短時間內，靈感充沛，很快便做了幾件外套和洋裝，在網路媒體上拍賣。

「幫我做一件失戀外套吧。」有人留言，在對話當中，江詠雲又回到這個非常棒的主意，她的記憶外套，她的畢業作品。而每一個人的記憶都不同，記憶風景也迥然有異。

他們，女生還是稍多過男生，會把她們的回憶中的舊衣物寄給她，希望能把他們的回憶組合成一件衣服。

那就像我的第二層肌膚吧，有一個人竟然把她和男友睡過的床單也寄給她，呃，這面積也過於龐大了，但在聊天過程中，她明白了那人的愛情，「那一次是我們在曼谷的最後一夜」，江詠雲試著把他們的愛情故事剪接成她要的衣服，那人收到衣服後竟然痛哭流涕了許久。

還有一位是和他的狗女兒，狗兒不幸死於惡性腫瘤，他陪著牠看中醫大半年，做了針灸，並讓牠服了他煲的中藥。這位狗兒的爸爸把他狗女兒的髮夾和牠睡過的床墊，寄了過來。嗯，好吧，她跟隨他進入他的人生，他非牠不可的日子，牠離開他所帶來的創傷，她也將之全縫入衣裡。

那是療癒，那也使他釋懷而笑，天天穿著那件記憶夾克去上班，她明白他，她知道他活得更好了。

另外一位也有一個令人開心又唏噓的愛情，她的伴侶愛著她，只是她們希望擁有一件同樣款式一模一樣的記憶上衣，但江詠雲辦不到，但至少她們後來擁有極為類似風格的上衣與裙子，可以分開又可以合一，「這樣更好，」她在製作衣裳時，這對情侶一起來探視，她和她們一起去海灘撿拾垃圾，她喜歡她們的為人和故事。

有人又訂製了幾件衣服，她們甚至推薦了她們的朋友和她聯繫，江詠雲都依照對方的個性、品味和他們珍惜的回憶去設計衣服。「那便是成就感吧，好幸福，」她樂於看見人們穿上這些衣服，彷彿像兒時，母親做了她喜歡的食物，她告訴她母親，「這感覺就像妳從前包了我愛吃的水餃，妳就坐在桌前看著我一顆又一顆地吞下去。」

麗莎是個可人的工作夥伴，她很懂網路，她常上交友軟體，也在網路上認識了幾個男人，她周旋在他們之間，江詠雲聽得出來，雖然同時交往多位男性，她可能還是對其中一位比較傾心。「那可未必，」她否決，「男人都不是東西，老娘絕不會上當。」這就是她說話的風格。談論男人，她總是有相同的論調，她的語氣彷彿她在挑選衣服。

經常的場景是，她們在沙灘上休息時，她拿出手機說，嘖嘖，這個男人怎麼可以長得這麼漂亮。或是，「他就是那種想要後宮佳麗三千的人，去他的」。

江詠雲和麗莎是在復興美工新生開學第一天認識的，她們二人第一眼便決定和對方成為好友，她們一直是好友。「妳是全班最漂亮的，」江詠雲告訴她，「不不不，妳才是校花耶。」麗莎認真地回想。二人一點都不謙虛地哈哈大笑起來。

江詠雲和麗莎住在一起，她們雖把重心放在工作上，但麗莎常出門，總有各種的戀情，有時看著麗莎和不同的男人約會，江詠雲也覺得自己形影孤單，心情真的不好時，她就抱著衝浪板去衝浪。

第五章——

晴子音訊全無，
許久之後，
莊不自覺地踏上另一段人生之旅。

莊回到台北後，已經三個月沒出門了，他成為宅男。除了電動遊戲，他沒有想做什麼，他胡亂吃著冰箱可以找到的食物，迴避他媽極度擔心的眼光，他知道他媽刻意留了很多他喜歡的餐點。

他經常想著晴子，她此刻在做什麼，人在哪裡，一樣的問題，那一天她究竟何時離開她父親，而前一夜她又做了什麼。他和晴子的父親後來也和警察局的警員討論過無數次，警察局確實動員了人力追查，但沒有任何下落。僅僅因大海嘯便有一萬五千多人喪生，失蹤人口也有二千多人。

大災難才發生不久，太多人失蹤了，晴子的失蹤好像也被人「理所當然」，這是讓莊最憤懣不平的地方，但隨著日子一天一天地過去，他似乎也逐漸接受了晴子不在的事實，這一點他自己也很驚訝。

有一天，他夢到晴子，在夢中，他和晴子一起旅行，他們在一處花園種樹，晴子很開心。

夢醒後，他沉思了好一會，意識到有什麼希望在召喚著他。他換了床單，把已經壞了許久的紗窗修好了。出外買了樹盆，他種下晴子父親健太給他的種籽。他坐在二樓，看著陽台上的樹盆，隨後，他買了許多種籽在家附近找尋適合種樹的地點，他開始種樹，他觸摸土壤的感覺，種植帶給他一點希望。

他發現腳上的球鞋已經磨出一個洞了，他去買了新鞋，把舊鞋丟掉時，他決定好好過日子。

莊還在學校時，聽過一場演講，雖然他在聽演講的過程中睡著了，但對那位老師苦口婆心講述的內容還是非常有興趣。

那時，他邊打瞌睡邊在筆記本上寫著：蜜蜂迷路了。昆蟲系來的教授說，上世紀末蜜蜂大量消失或離奇死亡，負責出外勤的工蜂再也沒回到蜂巢，導致整個蜂群社會瓦解崩壞，從法國、歐洲到印度、中國、台灣都出現了蜂群崩潰症，全球的自然生態平衡已遭破壞。

那一次，莊聽到這裡，睡意全消，他開始認真聽講並做筆記，「蜂蜜並不是那麼重要，而是許多農作物仰賴蜜蜂授粉。」所以蜜蜂對生態重要，莊從此對蜜蜂產生興趣。

在很長一段消沉頹萎的日子後，他和昆蟲系教授聯繫上了。那位昆蟲系教授介紹他一位蘇姓蜂農，那人住在三芝，莊認識蘇師傅後，很快便決定跟著蘇師傅逐花採蜜，當他的助手，大部分的工作就是幫忙搬動三百多個蜂箱。

蘇師傅有時在半夜工作，花開時期，他要把蜂箱搬到野花盛開的地點，採集蜂蜜，收集蜂蠟，清理蜂箱，南風到了便可以採蜜，入冬後，蜂群繼續採蜂王乳，莊也配合採收。一些時候也要幫忙夾蜂王蛹，再用竹片攪出蜂王乳。有時，女王蜂突然分家，則必須緊急另找木箱安置女王蜂。這些經驗對莊都有趣極了。

蘇師傅是龍眼蜜專家，因為龍眼蜜還是台灣人的最愛。師傅說他沒有兒子，「就當我兒子吧，」他滿欣賞這位大學生，盡可能把他知道的養蜂知識傳授給莊，也付了他工資。

「有好基因的女蜂王，才會有好蜂蜜，」蘇師傅有一次感嘆，「我們養蜂人是勞碌命，還是讀書好，」他一向用蜜蜂的天敵虎頭蜂泡好酒，說完便倒了一杯給莊喝。

那時他們紮營，吃著花生和烤肉，莊心生感動，一年來，他跟著老蘇，了解養蜂人，知道養蜂是和大自然互助和共生，也了解生物和造化的偉大。

閒暇，莊靜靜觀察蜜蜂的生活，覺得那個世界結構嚴謹、縝密、高度社會化，他聆聽蜂巢裡的不同聲響，嘎嘎或唧唧，去分辨女王蜂是否準備破繭而出，「蜂群正在開會交談，聯絡感情，還沒做最後決定。」莊佩服無比，蘇師傅已經熟悉到完全清楚那個神奇世界正在進行什麼，莊佩服無比。

師傅平常不多話，工作勤奮，但傍晚開始喝點酒，酒後便滔滔不絕，他笑著說，蜂群的首領是雌蜂，牠們一生的使命是產卵，主食是蜂王漿，一生可以跟許多雄蜂交尾，但交配後便殺死牠們。蜂巢社會的主體是工蜂，負責蜂巢所有的家事和勞務，包括出外採集和釀蜜，辛苦但壽命短。而雄蜂除了吃喝，人生任務就是和蜂王交尾，完畢後自行離去，好像好吃懶做的浪蕩公子。

莊一頭栽入了蜜蜂的世界，他翻閱各種書籍和報告。他從建築的角度看蜜蜂的建築結構，相當驚奇，難怪晉朝郭樸在〈蜜蜂賦〉裡寫過「繁布金房，壘壁玉室，咀嚼華滋，釀以為蜜，」蜜蜂所造的金房玉室都是正六棱柱狀，一個接一個緊密排列，中間沒有空隙，這是建築學上最經濟的結構。

「明天我老婆要回來，」一天半夜，當莊把蜂箱搬到卡車上時，蘇師傅不經心地說，他關上車門，看了繫上副座安全帶的莊一眼，才慢慢將車子往前駛去。「春繁忙碌時，老婆一定會回來幫忙。」莊點點頭，他沒想到師傅的妻子還會回來，他以為她已經消失在蘇師傅的生活之外了。

隔天，莊一大早便到師傅家，一個清秀的女孩向他打招呼，她看起來乾淨又清爽，不像是農家會出現的人，而且她好像已經在等候他似的，看著他。

「你就是那位瘋狂大學生？」瘋狂大學生是師傅的用語，嗯，莊看著她，她的眼睛也是很純淨那種。「我是蘇師傅的女兒，蘇一心。」他聽過師傅說他老婆帶著女兒離開他，她們去了宜蘭，當時莊不敢問他為什麼夫妻各分異地，只聽到師傅語重心長地說，「女人心，海底針。」

廚房有人在煮菜，是蘇一心的母親，她含笑怡人，也親切地接待了莊，「還好，我們老蘇有你幫忙，真多謝。」她煮了一桌菜，並不斷挾菜給莊。

那一天，他們吃過飯後，便在蘇師傅的指揮下，化糖漿，餵養蜂，做好蜂群管理，把七八十群蜂群合併成五六十群。

蘇一心動作敏捷俐落，莊偶爾看到綁著馬尾的她的側影，莊心裡震動了一下。她回頭看莊一眼，「你在幹嘛？」他的臉應該是整個紅了。「沒，幹嘛，」莊假裝清理著飼餵盒，漫不經心地回答。

「我們好像餵太多了，」她放下餵盒，「是哦，」他應答，但沒再看她。這時下起雨滴了，他繼續工作，沒想到才一會兒的時間，她便撐著傘站在他身邊，為他擋雨，蘇師傅這時也剛好走過來，莊手上的餵盒掉在地上。

蘇師傅眼光很嚴厲，在莊還沒說話前，他便教訓了他一頓，「餵太多了，還有，糖水調得太稀了，你自己舔舔看，」他說，「淋幾滴水又算什麼，」他對他的女兒說，「別靠得太近，不是跟妳說過，他是瘋狂的大學生。」

一心撐著傘走了，莊不再說話，心生不願，他不計較酬勞地為師傅工作，師傅當著女兒卻出言有損他的自尊心，他拾起放好餵盒，便走向卡車，拿了外套便往前走了。

莊沒再看到師傅，也不知道他的感受，只大步離開，他聽到他身後有腳步聲，蘇一心跟過來，亦步亦趨，莊回頭看到她，「你爸不是叫妳不要靠近我？」莊說。

「我爸是我爸，我是我，為什麼他叫我不靠近你，我就不能靠近？」她的聲音好自然，就像她的人。

她的話讓他停住腳步，他們二人就站在樹林內，風吹起來，她的頭髮都亂成一片了，莊不知道要說什麼，他想替她拂去臉上的頭髮。他當然沒有這麼做，除了晴子，他不會對任何女孩做這件事。

他和蘇一心在林子裡站了一會，她說，「別走，這幾天特別忙，他壓力大，」他沒回答，但跟著她回頭走，他想，現在這樣離開沒道義，但又或許是女孩眼光裡有某種訊息吸引了他。

他和她折回去，大老遠便看到在吸菸的師傅露出了笑容。莊認為師傅的笑容有罪惡感，他像做錯事般急忙在自己隨身帶的煙灰盒中擰熄香菸。莊也就留下來認真工作了。

蘇師傅是個奇人，他一個人養蜂，雖然有妻兒，但妻子多半時間在山上和另一個男人務農，他們只在他忙不過來的時候見面。他允許他的妻子和別的男人一起生活，一點怨言都沒有。

蘇一心後來把他父母的故事說給莊聽時，正在喝果汁的莊有點疑惑，「他愛妳媽，為什麼妳媽要走。」蘇一心很平靜自然的語氣，「養蜂太辛苦了，他想賺大錢，再把她接回來，」一心又強調了一句，「他說他不好沒關係，他希望我媽的日子過得比他好。」

莊經常和師傅聊養蜂，師傅說過多次，這是凋零的事業，市面上的蜂蜜摻假的不少，許多是由泰國進口，仿裝成龍眼蜜或荔枝蜜，別人是生意，對蘇師傅而言，養蜂是志業。

莊的筆記密密麻麻，厚厚一本。蜜蜂是生物之鏈，沒有蜜蜂，農作物開花時無法授粉，農作物的多樣性將逐漸消失，而蜜蜂的消失將牽動整個大自然的平衡。

他關心大自然生態，初衷也是為了環境保護，在晴子之後，他覺得自己是個感情絕緣體，從來沒想過自己會在這個時刻認識蘇一心。他有甦醒過來的感覺。

蘇一心喜歡作曲和自彈自唱，「想聽我唱歌嗎？」收工後，她去客廳取了一把她帶來的吉他，那把古典吉他非常精緻，造型弧度完美，她輕輕撥弄琴弦，莊和她穿著厚夾克坐在門外的前庭，他聽到客廳裡電視的聲音，不由自主望進去，看到師傅和蘇一心的媽媽攬在一起看電視節目，莊忍不住笑了，轉頭聽著蘇一心唱歌。

你，一會兒看著我，
一會兒看雲。
我覺得，
你看我時很遠，
你看雲時很近。

「哇，真好聽，好厲害的歌詞，」莊看著她的秀髮傾瀉，氣質優雅地吟唱著，心裡想這是哪裡跑出來的仙子。「這是我喜歡的詩人顧城寫的，」她的歌聲很有磁性，也很妖豔，會吸引人一直聽下去。

她又唱了二首歌，並且要他和她合唱，蘇師傅穿上拖鞋，走出來告訴他們，「明早要早起，你們就整夜唱歌不要睡了。」

莊沒說話，一待師傅走回屋內，「他們二人會睡同一張床嗎？」他不正經地問，「應該會吧，」一心對他做了一個迷人的表情，「你覺得我適合當歌手嗎，對了，我也很會跳舞嘿，來一起合跳一首 Salsa 吧？」

在春天的夜晚，莊和一個從天而降的氣質女孩一起跳起 Salsa，是她帶著他跳，「妳到底是誰啊？我怎麼會和你一起跳舞？」他笑著問她，她看著他說，仍然是那麼自然的聲音，「我是你，我是那個你一直想認識的你自己。」

二人跳完舞後，莊坐著看一心抽菸，「走了，睡了，」一心道了晚安，莊回到屋內，他在客廳打地鋪，再也無法入睡，他發現自己怎麼好久沒想到晴子了。他穿上運動鞋出去跑步，不知跑了幾公里，跑到全身大汗才慢慢踱步回到蘇師傅家，黑暗中，有人開了燈，一個身影在他面前出現，「你那麼喜歡運動嗎？明天不是要幫我爸工作一整天？」她拿著一杯開水給他，莊佯裝無事地看著她，心裡十分激動。

那一夜，他睡得少。第二天是艷陽天，怕蜜蜂口渴，師傅要他去蜂箱上噴水氣，並在蜂箱上蓋上蓋子遮蓋避光。

「你有沒有注意到蜜蜂的情緒問題？」蘇師傅走過來對他說，「天氣這麼好，他們卻不願意離巢，你沒看出來呀？」莊小心地拿出一個巢碑，查看上面所有卵和蜂蛹，「這些蜂群是否病了？」

「巢碑和蜂路全都布滿蜜蜂，整個蜂群組織都下垂了，」蘇師傅繼續說，一心也走過來看，師傅下了指令，「分成二箱吧，躡手躡腳的大學生。」莊忙著開始分箱時，一心嫣然一笑，並且過來幫忙。

晚上，他們四人一起卡拉OK，一心的母親真是金嗓子，難怪一心遺傳那麼好的歌喉和音感，她雖然徐娘半老，但風韻十足，蘇師傅不動聲色，但他會替她倒茶和擦汗，看得出來，他是愛著她。

蘇一心抽菸時，莊總是在屋外陪她，因此她可能講了一些知心話。一心說，多年前，她媽媽受不了蘇師傅只顧蜂群，欠債累累，再加上二人互動很差，那時她爸常喝酒，一心的媽媽不喜歡看到他總是醉醺醺，她喜歡大自然，所以她決定去找父親的朋友校長，校長在山上有塊農地沒人照料，她堅持要帶走女兒，去校長家住。

蘇師傅當然不肯，二人冷暴力相對，一個半夜一心的媽牽著她的手，帶著一只皮箱，二人便到轉運站搭上夜車往宜蘭，那時一心才七、八歲吧，她們到了山上，就住在校長的果園裡，一心的媽在那裡種菜和水果，一心在校長的學校上課，那個學校可以眺望雪山山脈，可能是台灣最美的小學之一。

「校長本來是我爸的朋友，以前每次下山到台北來，都會來找我爸，二人常喝小酒，」一校長的妻子很多年前因病過世，他沒有兒女，也一直未再婚，他閒餘在種甜柿，用土法種植照養大地，但人手不夠，本業是小學校長，但學校非常小，學生不過廿卅個人。他還在山上蓋了一個小教堂，教堂也很小，但有個三葉靠牆鋼琴。

一心說，小學校長視她如親生女兒，教她彈鋼琴，一心和他們住在山上，她媽媽不定期會回三芝幫父親養蜂，她隨著媽媽移居，心裡默默接受了二個爸爸。大學起，她住進學校附近的宿舍，從此也離開了二個爸爸。

後來，校長和蜜蜂爸爸不再喝酒，再後來，二人不再來往了。

這次一心和媽媽走後，不但莊，連蘇師傅的心情也有所轉變，他告訴莊，明年十二月梨花謝了之後，他會在午夜等待所有的工蜂歸巢，連夜將牠們帶到宜蘭，然後置放在油菜花的休耕地，讓牠們休養生息，等待隔年的三月至四月龍眼花開時，蜂群將自然擴大，他會再帶著蜜蜂大軍去追花追蜜。

師傅想把他的龍眼蜜做到最高品質，「想參一腳嗎？」蘇師傅冷冷的表情，莊問了一句，「不做蜂王漿了嗎？」師傅的表情不屑，搖著頭，「大家只知道蜂王漿，除了夏天，什麼時候不可以採蜂王漿？這你也忘了？」他丟下他往山下走。

莊立刻跟著他，他的身體反應說明了自己的意願，但沿路都沒說話，蘇師傅上了小卡車司機座，他上了副座，他們便下山準備收箱了。

莊跟隨蘇師傅的日子有苦有樂，他原本跟隨師傅，是為了做研究，但他逐漸愛上這種遊牧性質的生活，好像遊牧民族逐草而居，他們甚至有紮營炊煮食物的時候，莊發現了師傅擴大蜂群的要訣，明白了蜜蜂的生態習慣。

蘇師傅打破過去養蜂人保守的做法，他知道如何幽禁女王蜂，抑制卵數，以空出幼巢房來存放蜂蜜，他也曾同時培植好幾隻新女王蜂，讓原來的女王蜂退宮，讓新的女王蜂另造族群。

師傅所養的西洋蜂，其實是東方蜂，是由日本人當年引進，莊在日本的那些日子，尚未對蜜蜂有興趣，現在，他無從知道台灣的蜂種和日本究竟有什麼不同。

莊小時候看過養蜂人全身都是蜜蜂的照片，師傅年輕時也有這樣的照片。他有一天也想擁有這樣的照片，他到學校重新註冊，他要寫一個論文，有關台灣養蜂人的故事。

莊過起嶄新的生活，努力進行論文，常在網上和一心聊天，互傳有趣的新知。一心陪媽媽回到校長那裡種田，之後返回南部大學，準備畢業考試。她常常發訊息給莊，她告訴他，她計劃畢業後要去歐洲自助旅行。

一天，莊又去師傅那裡，和蘇師傅一起喝了一點酒，聽師傅又是嘆氣，又是談了許多當年勇。告別師傅後，莊在手機裡找了一張一心的照片傳給她，是他拍的，他在按鍵發出時遲疑了一下，但還是按鍵發出。

「哈哈，你把那棵樹拍得太美了，」幾秒後，一心這麼回答。

他告訴她鏡蕚木的故事。這樹又名伯樂樹或者鏡古木，花開時倒吊像鏡而得名，是常綠喬木，每年大約四月開花，像淡粉色的鈴鐺，遠看像白鷺鷥佇立枝頭，甚為好看，而且鏡蕚木是遠自冰河時期便有的樹種，是台灣稀有植物。

嗯，台灣只有一千株，怎麼我剛好就站在樹下被你拍到？

應該是你特意拍的吧？

他停住了，不知道該怎麼回答。他覺得自己似乎不該傳那張照片，便再也沒回覆這則訊息。

在那之後，蘇師傅要帶著蜂箱南下，莊也不再去師傅那裡幫忙，而是投入自己的論文，他在論文上寫著，「蜜蜂就是生命，沒有牠們，農作物不會存在，」他已經來到論文的主論述，「正是殺蟲劑的使用，才造成多年前大量的蜂群消失死亡。」

他書桌上仍然擺著一張他與晴子在淡水碼頭的合照。

第六章——瑞米的隨身筆記本：重新出發才是真正的自由。

瑞米走出監獄大門，他是從側邊小門走出去的，警衛特別從警衛室走出來陪他走了幾步路，「別再見了哦，」瑞米停了步。

門外沒有人，瑞米點點頭謝謝他，左右望去，他選擇直走，揹著他入獄後的幾件衣服，帶著他剛取回的身分證，他直直往前走，這時，他看到一輛黑色賓士車從小路駛來，停在監獄門口，從下車的隨扈身影，他知道那是他家人派來接他的人，但他快速地躲過，離開了現場，走入另一邊。

瑞米搭上了公車，坐上座位，看著迎面而去的風景，草原如此祥和、安靜，正像他心靈的風景，他此刻沒有怨恨，不再自我折磨，就只是平靜地活在這一瞬間。

平原風景讓他沉醉，那無憂無慮的感受隨著公車的停車停了下來，兩個高中女生上車，他抬頭看了其中一位，她的側臉，他心裡一驚，他以為其中一位是他高中同學，但仔細再看一眼，心裡才鎮定下來，那是二位歡天喜地的高中女生，她們完全無視他的存在，正在談笑學校發生的事。

他以為那是那一年的江詠雲。

車子到了溪濱路了，他下車步向外婆的家，外婆和表妹還住在一棟三合院，門口曬著菜脯，老狗米樂跑出來迎接他。

「怎麼是一個人來？」外婆很驚訝也很開心，「你爸沒派人去接你？」他撫摸著外孫的臉龐，「瘦了點，沒吃好吧？」她察覺自己不該勾起負面情緒，「來，外婆今天幫你準備好多好吃的菜，」她其實已經從前天就開始準備了，「先吃一點豬腳麵線。」

瑞米是她的金孫。瑞米從小也最喜歡來找外婆，暑假他自願留在外婆家，那時外公還在，外公都是笑咪咪，因為他是酒鬼，也就不太管他，他和附近的孩子玩耍，捉青蛙、偷蓮霧、木瓜，他的童年最快樂的時光都是在外婆家度過的。

在自己的父母家就沒那麼開心，有一次他在學校和同學打架，父親知道後非常憤怒，要他提水桶罰跪，他父親才離開房間，他頭也不回，立刻騎自行車到外婆家了。那一次，他父親駕車過來要找他，外婆立刻出面為他擋了回去。

他父親悻悻然離去，外婆才告誡他，打架是小事，你的人生要做大事。那是多少年前的事了？現在外婆在廚房熱了她的西魯肉，又要表妹拿出糟餅。瑞米洗了手，立刻加入廚房，「再等一下，菜馬上好了。」外婆一邊倒茶，瑞米一手敏捷地接住菜盤。

「阿嬤，我想知道妳怎麼做西魯肉的？」瑞米去牆邊取了一條圍裙，將之套在身上，他阿嬤不相信地看著他，「阿米，對煮菜有興趣？」她的眼神有點驚喜但也有點懷疑。

他在牢裡做了二年炊事工，找到一些樂趣，那邊的菜色老是那幾樣，紅燒白帶魚，咖哩馬鈴薯，炒三絲，秋筍湯，番茄豆腐湯，乾炒牛肉絲，有時候炸豬排或炸雞塊。

「炸雞塊？這麼沒意思的菜？」阿嬤忍不住講了一句。「不會啊，雞肉要是嫩，油又用好的，炸起來也滿香的。」瑞米已經熟稔地幫阿嬤切起嘴邊肉了。

「在廚房工作很辛苦吧。」阿嬤疼惜他，並催他出去客廳，「我慢慢習慣了，而且還滿喜歡的，還好啦，總比其他工作好多了。」

其他是什麼工作？

車衣、摺衣、熨燙、編草帽、釘箱子……

沒有更好的工作？

他們要給我一個他們認為的好工作，但我做不了。

什麼好工作？

他們要我讀同囚的獄中家書，把有問題的人揪出來。

會有什麼問題？

只要不是平安問好的，就算有問題。

我給你的信呢？

他們早就看過了，你又沒寫什麼，只有嘮嘮叨叨的，還有那麼多交代……

阿嬤對瑞米吐了舌頭，「這麼好的工作你不做，去當什麼炊事工？」外婆想了一下，不過，「二選一，我也選廚房。」瑞米哈哈笑了。

瑞米從小就最愛吃外婆的小吃，不管是糕渣、糟餅、芋泥、魩仔魚湯、肝花或過貓炒肉絲，他都記憶深刻，他在巴黎時有一天夢到外婆做了一桌菜，他才要下箸，夢便中斷了。現在站在外婆身邊，他心生感動，外婆的人生怎麼就充滿滋味，她是天生的生活家，不僅煮菜，家裡所配用的餐具、插花，雖然都是自己院內剪下或是去陶藝課捏的陶土，但趣味橫生。

阿嬤和瑞米把菜全端上桌後，三人正要啟動筷子，就聽到遠處有車輛駛動聲響，車輛明顯停了下來，有車門關上的聲音。「阿米，你快進我的房間。」瑞米放下筷子，拿起木椅上的背包，立刻躲進外婆的房間。

他打開外婆的衣櫃，他小時候便躲過那裡，只不過現在他身高已過高，必須低頭，必須蹲下，他聞到外婆衣服的味道，可能還在使用美琪香皂，衣服上的味道不是那麼新鮮，但仍然是熟悉記憶中的味道。

「瑞米還沒來啦，」外婆大聲說著，那聲音表情聽起來不像對瑞米的父親，可能是阿聰，但瑞米好久沒見過父親了，也不確定他的隨扈是不是阿聰，可能不是，那人的聲音聽起來更年輕，不那麼低沉。

「那我就在這裡等他來。」那人對外婆說。

「我現在要吃飯，吃完飯要睡覺，這樣吧，你坐下來也吃一些，吃完就走。」那人沒坐下來吃飯，客廳一片沉寂。過不久，外婆就喚瑞米出來。

瑞米吃了一頓豐盛的晚餐，洗了澡，準備離去，外婆已經坐在客廳的太師椅上等著他，「接下來你要去哪？」還沒等瑞米開口，她站起來，走到櫃子裡取出一個厚厚的公文信封，「答應我，不要再走錯路了。」外婆眼眶紅了，她把信封塞到瑞米的背包。

瑞米緊緊地擁抱著外婆。他說不出什麼話，就那麼緊緊抱著她，感受她的身軀似乎更為瘦削，他嗅聞她身上的氣味，記憶一時也墜入了兒時。

他和玩伴在溪裡捉了幾條魚，他把魚交給外婆，看她高興地捉拿著魚，手法俐落地剁起魚頭，刮乾魚鱗，用鹽塗抹在魚身上。外婆很會做紅燒魚。

他腦中又同時閃過一個畫面，是獄中一些受洗的獄友聚會，他喜歡聽經但未受洗，只是一起旁聽牧師說話，那位牧師每週會來，是一位大家敬重的教誨師，所以他願意陪坐，聽取他說教。牧師還說，這世界上有鹽的水都可以療癒：淚水、汗水、海水。

「你們是世上的鹽。鹽如果失去味道，怎能叫它再鹹呢？以後無用，不過就丟在外面，讓人踐踏了。」

瑞米從監獄帶走那本教誨師送他的綠色的聖經，封面是真皮做的。「阿嬤，我會打電話，不要太掛念我。」他不擅長表達情感，要說出這些話，對他都很刻意，他說完，轉身便離開了。

他覺得那句聖經上的句子對他有啟示，他要做世人的鹽，很快地，他也會見到海水。

他去了羅東，一路往南，到了高雄，他去一家遠洋輪船公司應徵船員，他確實是海洋系肄業，學過航海學，知道何謂船舶操控，也學過一些航海英語，「要有海員證才能登船，」有人這麼告訴他，他仔細看了海員證的申請資格，發現所有的資格他都不符合。但是他注意到，如果在餐廳擔任過廚師者可以申請。

和他對談的業務員板著臉和他談話，「炊事工？」當他提及他在監獄有廚房經驗時，那人表情略微改變，「監獄，你待過監獄？」他把桌上的文件收回。

「嗯，」他還來不及回答，業務員變得很客氣，他找了藉口拒絕瑞米，在這件事後，瑞米才明白外婆的擔心。

在旗津港口晃蕩一夜，他去了台北，辦了護照，在網路買了一張往巴黎的機票，他成為往巴黎班機立刻必須登機的最後一位旅客。

第七章——瑞米去了異鄉，卻也來到了故鄉。

瑞米抵達巴黎，出了戴高樂機場。空氣冷冽，一種異國的感覺，周遭一切都如此新奇，人們的談吐，法語的腔調，他覺得自己像從外太空來的人，他的人生重新下載中，所有的事物及印象正不斷地記載入他的腦裡。

他住進十三區中國人開的小旅館，但很快他又搬到 Pigalle，已經都下雪了，他腳上還穿著夾腳拖，他鄰居老太太好心地指指他的腳。「您不冷嗎？」他聽不懂法文，老太太做了一個因寒冷而抱胸的動作，他笑了，他學她說話，Froid，Froid，Froid，並抱著胸。

他從此和老太太成為朋友。她邀請他到她家，請他喝熱巧克力，並送了他幾雙她逝去丈夫的襪子，他不願但勉強接受，說好再度拜訪。「快去買雙鞋子吧，」瑞米很想擁抱她，因為她分明像他的外婆。

他去買了新球鞋，在盧森堡公園裡走著走著，暖冬的太陽使他坐下來，看著公園裡的孩子玩耍，他想打電話給外婆。但又不想讓任何人知道他人在哪裡，終於還是沒打。

他走過米拉波橋上，看著巴黎自由女神像，沿著塞納河岸，他要到藍帶廚藝學院，那座聞名的學校，瑞米用外婆給他的錢交了一期學費，他算了一下，錢只夠在巴黎生活一年，他不在乎學校的名氣，他只想開始，從某一個點開始，重新出發。

學院接待人員很客氣，也有一位會講中文的祕書，事情其實很簡單，他繳了學費，決定唸二年學位，包括了甜點製作，「您將可以全方位了解法國餐點的精髓，」主任是位彬彬有禮的一位紳士，他用英文說了好幾次：We welcome you.

瑞米住在Pigalle的房子是棟七層樓的老公寓，這是以前奧斯曼建築時代的建築，頂樓是傭人房，並沒有浴室，只有一個公共廁所。瑞米都可接受，但唯一的問題是他無法淋浴，他是一個愛洗澡的人，以前在監獄裡就有人質疑過他，為什麼常洗澡，他無法回答，可能是他的嗅覺敏銳，他不喜歡聞到任何異味。

「那就到我家來洗澡啊，」他的老太太鄰居這麼建議他，並且請他準備一些換洗衣物，「浴巾、肥皂就不用了，我這裡都有。」

為了洗澡，瑞米常拜訪老鄰居。老太太都會煮菜請他吃，瑞米小時候曾聽過一個替他媽算命的人說過，那時他們不知道他在另一個房間，那人告訴他媽，「你兒子命大，但人生起伏也大，」他好奇地聽下去，「不過，有一件事還不錯，他一生口福特別好。」

當時他心裡覺得此人胡說八道，母親還付他大把鈔票，但在巴黎，他突然覺得那人說得很準。

老太太喜歡說話，瑞米開始聽懂一些句子，但他覺得老太太好像在重複一些過去的事情。他就這麼學起法文。她有個兒子，但她多年沒見過他，她丈夫已過世卅年。

他認真上廚藝課，憑著記憶，記下每一個老師的動作和食物的色澤及調味汁的濃稠度，他像照相機般地在心裡記下每一個細節，用他最敏銳的感官，他的鼻子和嗅覺，他快速地在筆記本寫下料理次序，雖然並不完全聽懂老師的法文，但他覺得自己理解內容。

瑞米在腦海裡默背複習他學的第一堂課，是芥末兔肉生炒馬鈴薯片。由於他住處廚房很簡陋，兔肉也很難在一般超市買到，他背著自己的草稿，查著菜單上的法國字。像在桌上彈練鋼琴，他在內心的廚房煮了一次那道菜。

名廚老師是個不溫不火的中年男人，帶著藍帶廚師帽，又留有他極具特色的白鬍子，看起來便威嚴十足，也很專業。他認為瑞米法文不夠好，應該去上專門給中國學生開的廚藝課，那裡會有同步中文翻譯。瑞米對此事很執著，他不肯。

「來，你來切洋蔥。」有一次，名廚突然指著瑞米，他選的洋蔥也不是台灣常見的洋蔥，而是更小的夏洛特蔥，瑞米在獄中切過洋蔥，他動作算熟嫻快速，但夏洛特蔥他並沒切過，再加上使用的刀法和廚師不同，廚師冷笑起來，「零分，零分，」他講了好多次零分（Zero）。

瑞米聽懂零分這個字。他放下刀，退到一旁，廚師對著他說了一堆話，瑞米沒聽下去，他眼前的畫面讓他想起那一年的那一天，他父親在他面前的指責，當時他腦海完全凍結，他也是一個字都沒聽下去。

瑞米離開了廚師教室，他到更衣室換了便服，把學校制服置入箱櫃，就離開了學校。那幾天巴黎大雪積了好幾天，往塞納河岸邊，車輛都拴上鐵鍊，車子駛過，雪漬化成黑泥，濺到他身上，他又一個人來到寒風瑟瑟的米拉波橋上，他看著雪花片片地飄下，他想起那個叫江詠雲的女孩，他不知此時此刻她在哪裡，在做什麼，但那思念中既痛苦，又有一絲甜蜜，年少的他狂熱地愛過她。

還好他穿著球鞋，雖然也不適合下雪天，但是至少是一雙鞋，好幾次他差點滑倒，他一路走回家。他想去鄰居老太太家洗個澡。

來到她家門口，他發現自己的球鞋都已全濕了，正在想老太太會跟他說什麼，他按了好幾次門鈴，他看著自己的濕鞋，並往門口一張地毯踏了幾次，他想把鞋子踏乾淨些。

公寓沒人回應。他等了許久，門一直安靜靜地對望著他。

他走下樓，到附近的阿拉伯店、水果店，甚至更遠的鮮花店，但都沒有老太太的身影，他再度回到公寓，再次按下電鈴，仍然無人。他仔細傾聽，把耳朵貼著公寓的老門，廚房的收音機倒是一直微細地播放著新聞，聽不清楚，但他知道老太太平常都開著收音機，她的收音機似乎像一種陪伴，已經是她的背景。她似乎不曾關過收音機。

就在仔細傾聽收音機內容時，他聽到有人上樓的聲音，他下了幾步樓梯，問那個他曾見過的鄰居男子，「您這幾天有見過樓上的夫人嗎？」那人想了一下，搖了頭，他拿出他的鑰匙，便開門進入自己的家，瑞米因此又上了樓，他還不知該做什麼。

過一會，樓下的鄰居男人走上來，「哦，您還在，平常有時我會聽到樓上有一點走動的聲音，但你剛才一問，我想起來，確實這幾天我再也沒聽到什麼聲音，會不會發生了什麼？」他們面面相覷。

男人報了警，瑞米和那人回到他的公寓，二人站在陽台上抽著菸，不但吐了菸也吐著白氣，瑞米覺得陽台上好冷，他突然有個預感，老太太可能已經出了事。

你知道她有兒子嗎？鄰居男人問他，「我猜他們的關係不好，」他說，有一次他聽見一個男人甩了她的門，在離去前怒吼，「你這吝嗇的老女人，帶著你的錢去墳墓吧。」

她從來沒告訴過我她兒子的事。

那你們都聊些什麼呢。

沒聊什麼，她說，她年輕時會跳芭蕾舞。

瑞米告別男人，回了住處，再過好幾天，他接到警方電話，他們破門而入，老太太安東涅特已經過世了，她躺在客廳地板，身旁一只中東製的大茶壺，那是一隻銅製的大煮壺，上面置放一把茶壺。

茶壺就斜擺在地板上，茶壺已經和煮壺分身，老太太已經停止呼吸，法醫也來了。初步判斷，已經死亡一週以上了。

天空灰灰的，雪倒是停了，他一直沒再去上廚藝課，應該是自尊心吧，他不是畏懼，就是想反抗。從小的屈辱，在他心裡慢慢長成一種硬繭，他知道他心裡有什麼不對勁，他是一個有「過去」的人。

學校的行政人員瑪格麗特打電話給他，「明天來上Cassoulet的課吧，來吧，」他嘴硬沒答應，私下早已做了準備，買了小洋蔥和蔬菜，用學校買的刀子試切，並且將這些蔬菜置入鍋裡面煮，順便做為自己的餐點，他的刀法越來越不錯，他是看視頻學的，並反覆模擬，他想念他在監獄廚房用的那把大切刀，那是他熟悉的刀子，可惜走時不能帶走。

在瑪格麗特的鼓勵下，瑞米回了學校上課，雖然不再與名師有什麼衝突，他退到距離較遠的地方，名廚也不再和他對話。

他上課非常用心，用法文背食譜，尤其注意的是動詞，habiller，Passer，食材名稱亦然，他用圖片、憑感覺，他的廚藝學習一向非常視覺化，視覺對了，因為他的鼻子很靈，一切就對了，味覺當然也有記憶，小牛肉加的奶油如果是一百克，那鱈魚一定要二百克以上。

這麼過了一學期，有一天，他才踏入學校，瑪格麗特立刻向前擁抱他，她高興地告訴他，他是第一名。瑞米不相信，但學校沒弄錯，只是第一名有十個人，三分之一的人都是第一名，「至少是第一名啊，」瑪格麗特告訴他。

他雖繳了學費，但身上的錢越來越少了，瑞米向瑪格麗特打聽打工的可能性，「機會真的不多，」瑪格麗特對他非常有耐心，她看出瑞米和那些有錢人家的亞洲學生的不同，她經常會給瑞米有啟發性的建議，瑞米已經非常感激，感受到她的眼睛裡總是閃著希望的光芒。

他在巴黎廿區找了一個便宜的房子，有了浴室，房子與人共租，但那人是夜班看護，平常都不在家，白天回來就是睡覺，瑞米住客廳，二人相安無事，按照瑪格麗特的算法，瑞米的生活費可以再多撐好幾個月。

瑞米身上只剩十八歐元的那天早上，瑪格麗特告訴他，「下課後你去這個地址，」她已經抄在一張紙上，是一家自助餐廳，他們需要洗碗工。瑞米去了，餐館經理是一位阿裔的法國人，他問了瑞米一個問題：能幹活嗎？瑞米說，沒問題。他丟下一塊乾淨的白色廚巾，對瑞米點點頭，「好，那我們現在就開始，這裡的碗盤和玻璃杯及酒杯全歸您。」

瑞米看著他鷹勾鼻上一對目光銳利的眼睛，這對眼睛讓他想起監獄一個嫉妒心很重的獄友，那人不喜歡有人和瑞米交陪，甚至嫉妒瑞米在放風時和別人多說了幾句話。「怎麼啦？還杵在這兒？」鷹勾鼻走前又對瑞米說，「洗碗機有兩個，這裡一個，那裡一個，洗碗機洗完，把餐具取出，水氣擦乾，再往櫃子上擺。」瑞米捲起衣袖，圈上圍裙，開始幹活。

這是一間離拉丁區不遠的自助餐廳，餐食自取，除了主菜，食物不貴，但瑞米知道並不好吃，但餐盤不斷架在餐盤架上推了進來，洗碗機根本來不及洗，鷹勾鼻經理又走進廚房了，「怎麼了，我們沒有手嗎？以前沒發明洗碗機的人都怎麼洗的？」他看著瑞米，搖搖頭，「這種事還要我告訴你？」

瑞米照單全收，復活節的前一天，他只記得，他累到著衣倒在床上，他希望自己一覺睡醒，明天就復活了。

那天早晨醒來，他發現自己的拇指關節腫脹起來了，但他繼續上工，他從前是一個不知天高地厚的孩子，但獄中生活讓他收斂了傲氣，彷彿去過一趟冥界，他覺得自己已死過一次，也復活一次。難道現在還要再死一次？

那一天，他的早餐是一個大碗公尺寸的復活餅，是前一天瑪格麗特專程送到餐館來給他，那是復活節的糕點，裡面都是他喜歡的杏仁醬。他把整個餅都吃完了。

他打工很認真，他將推進來的碗盤除去剩餘的食物，將碗盤置入洗碗機，日復一日，重複的動作他越做越熟悉，從未打破任何一只餐具。

餐廳廚房裡有二名廚師，其中一位手臂上全是刺青，那人的姿態似乎要告訴任何人，他要劃地為王。瑞米盡量迴避他，有一天，他用他的手肘撞瑞米，「清鬼，給我滾遠點。」瑞米本能想要用身體回應他，但他的理智讓他收回自己的行為，「奶娃，想打我，來唷，哈哈，」刺青廚師那天火氣很大，瑞米不再說話，冷靜地站著，一動也不動，廚房裡共有七、八個人，大家都沒說話，各自做各自的事。

為了賺錢，瑞米繼續打工，雖然精疲力竭，但他內心安靜，無心無愧，半夜坐地鐵回家時，他還會留下零錢給睡在路邊地下鐵暖氣透風口的流浪漢。

這樣過了一學期，進入下一學期。巴黎的夏天觀光客更多了，他的工時也更長了。一天晚上他要離開餐廳時，鷹勾鼻經理留住了他，「聽說你是藍帶學院的高材生？」

鷹勾鼻經理打算做中國觀光客生意，他讓瑞米做了助理廚師，並表示會協助他辦工作簽證，瑞米更為努力，熨燙襯衫和廚師帽，打工和上課，他每天背著法文單字，並不斷朗誦、默唸學校學到的句子，聽著 ipod 上法文課。

第八章——

瑪格麗特告訴瑞米：世事難料，寂寞也是必要的調味品，所以生活才會有味道。

在夢中，他吻著江詠雲的頸部，他沉醉在南風的呼喚，和她說了好多情話。她是他高中同學，這是他們第三次約會，但也是最後一次。

那一天，他騎著摩托車載著她在宜蘭的山路前行，夜色迷人，南風不斷拂過他們的臉龐，他覺得到地老天荒，他都願意這麼騎下去，和她。

他們來到一家小吃攤，他停好機車，和她手牽手走過，坐了下來，點了菜和啤酒，「我不喝，」江詠雲說，他擰了她的手背，「一點點？」她搖了頭，但將臉依靠在他的肩膀上。

她去上洗手間時，他在外頭抽菸等她。

他抽了幾口菸後，回頭看到學校同學老柯正在搭訕她，其實這不是第一次，他已經三番二次搭訕她，只是這次太明目張膽，分明是挑釁。他扔掉香菸，走了過去，接著下來，他和老柯前後衝進廚房，廚房裡正在切菜的餐館老板娘被他們嚇了一大跳，老柯用盡力氣掐住他的頸部，巨大的疼痛使他忘了界限，他在那一剎那中掙脫了。

他最近常想起那一年的那一天，那時令他痛徹心扉的不是他的遭遇，而是，不知道什麼原因，江詠雲再也沒聯絡了，在獄中二年，他從此沒再看到她了。他人好端端的，但他的心像被刺了一刀，現在不會痛了，但他也永誌不忘。

鬧鐘響了，瑞米起床，趕在八點半出發去學校上課，為了準時，他在巴黎 Les Halles 地鐵的行人輸送帶上快速奔跑，在瑪格麗特迎接的目光下，跑入教室，剛好趕在米其林廚師抵達之前換好廚師制服，戴上帽子，微笑地站在教室裡迎接老師。

今天我們要上的課是：青蛙腿。

瑞米記住了重點，這道菜來自沼澤湖區的東巴斯，那裡青蛙多，很多人愛吃青蛙腿，料理方式是以有鹽奶油乾煎配以羅勒和大蒜做成的醬汁，也可以用新鮮檸檬汁搭配。

上完課，他換了制服便往餐廳快走，他苦痛中的右手掌後來痊癒了，但是最近使用過度，使他的肩膀也輕微跟著痛著，痛並且快速地活著，那痛讓他覺得自己還活著。

鷹勾鼻找瑞米討論，他希望加入一些亞洲料理，精明的經理計算出各種菜價，他選擇了青、黃、紅椒和罐頭竹筍，對於後者，瑞米很有意見，因為無味及不新鮮，但經理很堅持，他說法國人認為竹筍才是亞洲菜，瑞米發現，從中國進口的一些竹筍價格低廉到無可抗拒，那麼，就只能模仿泰式料理，加入咖哩口味，他試做了一次給經理吃，鷹勾鼻經理決定要下單備料。

瑞米被晉升為助理廚師，最不能接受的便是刺青男，他冷眼旁觀了幾日，自行負責他的主菜項目，但他對瑞米一點也不友善，廚房氣氛有點凝固，二人各做各的，但是瑞米不知道的是刺青男悄悄在進行對他的破壞。

雖然常缺課，但瑞米在瑪格麗特的通知下，總是去上了重要的課程。瑪格麗特對瑞米非常用心，雖然她的年紀比他大一倍，足以做他的媽了，但他卻很喜歡她把心思放在他身上，他享受她的溫暖，他喜歡看到她對他微笑及眨眼。

為了避免別的學生誤會，在學校時，她刻意不和他互動太多，但她偶爾會到瑞米打工的餐館來找他。瑞米知道瑪格麗特的丈夫是阿根廷人，男人不住巴黎，她有二個孩子，都已經在讀高中了。

瑪格麗特金髮，瘦削，從不抱怨，她年輕時很喜歡旅行，去過亞洲、南美洲、在阿根廷遇見了她的最愛，那男人用阿根廷大男人的方式瘋狂地追她，她也因此搬去布宜諾艾瑞斯生活了幾年，和他生了二個孩子。

阿根廷男人豪邁、直爽，他們的婚禮盛大，最初幾年生活合適，瑪格麗特幾乎以為她會終老於拉丁美洲，但幾年後，她才知道她的生活全來自借貸，因為他以她的名義借貸，生活因此過得充裕，但銀行雇員告訴她，「這也是您的帳戶，最後還是您得負責償還。」

她才知道，原來阿根廷丈夫不務正業，他所形容的職業全不務實，只是紙上談兵，一年又一年過了，瑪格麗特告訴自己，她不能再忍受一年又一年的落空和失望，他不但不務正業而且還嗜賭，到處欠人賭債，已經有債權人看到她便要錢，她的阿根廷丈夫向人借錢時經常提到自己的法國妻子很富有。他用她的身分和名字借錢，並且要她一起扯謊。

幾年後，瑪格麗特才搬回巴黎，自己帶著二個孩子，失落了好長一段時間，最後才站了起來，她在藍帶學院的行政職已經做了多年，似乎沒人比她更了解學校的運作。

「你能教我中文嗎？」有一天，她突然問瑞米，「我好想學中文。」

瑞米自己也費解，他對她似乎有一點像對母親，不，更像對外婆般的依賴，他一向喜歡成熟、獨立的女性，他不在乎她的年紀，他在她的眼睛裡看到某種的孤寂、落寞，雖然她的臉上堆滿笑容，舉止也很熱情。他也想過要回報她，以任何方式。雖然他想不到什麼可以回報她。

有一天她問，「下週三我們一起吃晚餐？」他還在考慮，「你生日耶，你想去哪？」這世界上竟然還有人記得他的生日。「要去，那一定是我請，我們去 Tour d'argent 吧，我一直想去。」瑞米認真地邀她，瑪格麗特神祕地笑了，「那是給觀光客吃的米其林餐廳，我們要不要換這家呢，我已經訂好了座位。」她遞給他一張字條，上面有餐廳的名字。

「八點，好嗎？」她眨了眼睛，看著他。

「八點，好的。」他說，並笑了起來。

那一夜，他們喝了許多紅酒，他打開瑪格麗特送他的生日禮物包裝，一本廚師之王安東南．卡漢姆的自傳，瑪格麗特一直告訴他，卡漢姆是一個一定要認識的人，她把書從瑞米手上取回，她唸著書中的句子，「沒有好的烹飪，就沒有和諧的社會，」卡漢姆制訂了法國餐點的四大醬汁。瑞米曾經在上課時聽過，並在筆記本記過：蛋黃奶油醬、白醬、褐醬和絲絨醬。瑪格麗特繼續唸著書，「這便是法國菜的靈魂所在，這在當年是創舉，」她邊唸邊解釋，安東南的偉大遠不祇如此，一道一道地上菜方式也是他確立的，這個禮儀使得法國菜變得非常優雅。

瑪格麗特繼續唸了許多，瑞米在心裡劃下法國料理的重點：醬料調味清淡得宜，食材新鮮。

當夜，瑪格麗特在餐後邀他到她家，他去了，她的兒子都不在家，瑪格麗特像變了一個人，像個年輕的頑皮女孩，她挑逗他，吻了他。他略為驚訝，但他順應了她，滿足了她，他看著她入睡，天色微亮時，瑞米才帶著書離開她家。

他一個人坐在地鐵裡回味著他的人生，到目前為止，七葷八素，不同的滋味，除了大家說的八味，酸甜苦辣鹹澀腥沖，他感受的是第九味。是一種完全混合在一起的味道。

第九章——

一心和瑞米認識第一天的對話：

你在想什麼？

我想如何為你下廚。

在廚房工作時，刺青男又叫了他一次清鬼，而同時在高溫高壓的廚房裡，一道菜的次序完全離譜，使瑞米動了氣。

是干貝蘆筍，他提供給鷹勾鼻的菜單，也是最近餐館常被點完的主餐，他要洗切部的助手把干貝切薄些，把薄片放在圓形金屬模上，但助手卻說，「要細？」他說時看向刺青男，「我們是粗的，亞洲菜嘛，他當然細。」刺青男挑釁地大聲嘲笑。

瑞米不爭吵，自己快速地切起干貝薄片，他切的速度很快，但刺青男還不斷吆喝著，「細的細的，焗烤馬鈴薯缺貨了，米飯不夠了，」廚房的壓力鍋終於爆炸了。瑞米把大刀剁進砧板。

「我需要茴香，」他大聲吼著，他的干貝蘆筍需要茴香的提味。刺青男走過來，並示意另一個助理去門口擋著，以免有人正好進來，「我們在削馬鈴薯，可沒空讓你玩你這細的。」

他斜身向他，這時瑞米出於自衛，當然也有些壓抑許久的怒氣，他揮手擋住刺青男的上身，刺青男立刻回一大拳，這時二人扭打起來，助理們一氣不吭，廚房的廚具掉滿地，鏗鏗鏘鏘，鷹勾鼻經理衝進廚房。

那天瑞米被革職了。他把廚師制服交了出去，領了他最後的工錢，他帶著酒和包好的冰塊，一個人坐在塞納河中島喝著調酒（Negroni），一個流浪漢好奇地看著他，他也倒了一杯給他。

一樣的歷史，一樣的過去，一樣的他。或許個性就是命運，或許命運造成個性，他一個人喝著酒，感嘆著，他有點悲觀但並不絕望。

他是喝醉了，但醉得真過癮，坐在這巴黎之島上，在這他看來是全巴黎最美的景點之一，唯一的缺憾是塞納河遊船會經過這裡，他偶爾看到遊客指指點點。他偶爾喜歡去先賢祠附近的巷弄看人買菜及喝咖啡。

流浪漢本來便醉了，喝了瑞米這一杯，他更是胡言亂語起來，他對著瑞米說著一些法國政治問題，偶爾對遊輪上的遊客大吼，然後他平躺在另一頭的木椅上自言自語，瑞米仔細聽他說的法文，全是囈語，瑞米卻覺得自己很了解他，他突然也覺得，他自己便是那名流浪漢，他的分身。

這時，他看到一個綁著馬尾的亞洲女子，正揹著背包走過，她從背包拿出相機，她先照了幾張相，可能想照向他的方向，遲疑了一下，將照相機放下。「要我幫妳拍一張嗎？」瑞米用法語問她。

她爽朗地笑起來，說起英語，「我不太會說法語呢，」她將小 Leica 相機交給他，瑞米有點搖晃地站起來，「台灣來的嗎？」他聽出一點台灣口音但不是很確定。

「對呀。」女孩對著他比了一個勝利的手勢，他緊急在相機裡望向她，他按了快門，「也許妳可以站過來這裡，背景比較好看。」他那樣為她拍了好多張，才將相機還給她。

「妳看起來不像台灣來的，」瑞米真誠地說，「哇，這到底是貶義還是讚美啊，」他們聊了起來，他知道她到歐洲自助旅行，買了歐聯火車票，要自助旅行一個月，她已經去過布列顛，下一站是 Chartres，然後搭ＴＧＶ往南。「夏特是陰森森的大教堂，一定要去嗎，我先請妳吃大餐，吃完再去如何？」瑞米鼓起勇氣問她。

「去哪裡吃，什麼時候？」她的眼睛直直地看著塞納河，才轉向他，「我到法國七天了，還沒吃過任何好吃的法國食物，連 Crêpe 都不好吃。」

「Crêpe 不會好吃，除非是我做的。」瑞米又給自己倒了調酒，他脫口而出。「啊，你就這麼明目張膽，當著巴黎塞納河喝著酒？」女孩對瑞米開始好奇起來，她看著他時而暗沉的表情，有點憂傷的眼神，「而且，你憑什麼說法國人的 Crêpe 不好吃？」一心說這些話時倒是無心而純真。

「這樣吧，如果妳不嫌棄，那就到寒舍來吃吧，這樣就可以證明我是不是侮辱了

Crêpe。」女孩啜了一口琴酒，沒答應他，「那就是新橋呀？」她指著在後方的橋，「我好喜歡茱莉葉畢諾許演的《新橋戀人》，」她問起他，「聖母院燃燒時，你在做什麼呢？」他們身後是正在修建的聖母院。

「我那時剛進藍帶學院不久，每天都在住的地方打蛋黃醬（mayonnaise），」瑞米說他打出心得，有時會在醬裡放點辣椒粉和蔬果醋。

「你是說白醋吧？マヨネーズ？」一心的母親也愛用，她使用新鮮的嫩筍，一心從小也愛吃。「不是，是美乃滋。」瑞米知道台菜裡所謂的沙拉醬就是美乃滋，「還有，嘉義公園有賣涼麵，上面都撒這種白醋唷，」一心又想起，「台灣人很喜歡吃涼筍。」

瑞米仰天笑了，「咦，我們不是在談《新橋戀人》嗎？」他又補上一句，「妳為什麼喜歡這部電影？」一心回想著電影劇情，「因為男主角一無所有，就只能用他唯一的所有去愛她。」

「我聽說電影本來要在這座橋上拍，可是導演生病了，無法如期拍攝，他們只好另搭一座橋來拍。」瑞米也非常喜歡這部電影。

蘇一心並未到瑞米家去吃他的 Crêpe，她仍然堅持自己的行程，離開了巴黎。瑞米對她印象太深刻了，他幾乎想和她一起去旅行，但他說不出這一句話，看著她離開。

我們會再見吧。

你說呢？

看著一心離去時在塞納河邊的長髮倩影，瑞米又悲傷又感動，他也收拾了酒瓶返回住處，他確定自己就是一起喝酒的那位流浪漢，而蘇一心讓他決定走向改變人生的時刻。

他和瑪格麗特做了多次長談，他打算離開巴黎，瑪格麗特對他有了感情，最先強烈反對，但談了幾次後，她不再反對，她嘆了口氣，也重複說了幾次，「你太年輕了，」她的二個兒子對他的敵意很深，她知道她和瑞米應該走不下去了。最後一次他們在花神咖啡館喝咖啡，她沒再說什麼。

瑞米因此離開巴黎，返回家鄉。他的計畫是先回外婆家住一段時日，然後再決定下一步。他在巴黎採買了必用的廚具和一些廚房用的香料，譬如他認同的芥末醬和香草。

坐在往台灣桃園機場的飛機上，那天的那一幕又浮上眼簾，他深呼一口氣，徐徐吐出，那一幕是永生難忘，這一切發生得這麼快，彷彿龍捲風突然捲起，當時他被捲到人生最大風暴的核心，那個叫江詠雲的女孩在哪裡？

他慢慢安靜下來，飛機也抵達了桃園機場。

他一個人拉著行李，走出機場，他張望了台北的天空，灰，白，但一種希望和另一個女孩的身影在他心裡悄然升起。

第十章——

一心記得她最愛的電影台詞：夢裡出現的人，醒來時就該去見他。

一心是在年紀夠大時，才知道她媽媽和別人的媽媽不一樣。

有一天，她在國家地理頻道上看見一集關於雲南地區的走婚制度，後來又發現藏族人、摩梭人的「無父無夫」，男女關係叫「爸爸」，意為「過來走去」，是一種開放式的婚姻關係，男女各自從事自己的勞務，平常很少相處，多半是節慶時一起喝酒唱歌，甚至以跳舞來表達心意。很多女人會有二個以上的丈夫。

一心看完紀錄片時很震撼，因為她從小就是跟著母親過著這種「走來過去」的生活。她也有二個家，二個父親，母親平常很少和他們交談，白天都是從事大量農務工作，晚上會一起飲酒作樂和上床睡覺。

一心小時候就到「校長」那裡住，母親幫校長種田，校長爸爸教她插秧和抓福壽螺，那是她童年快樂記憶。但回到她的蜜蜂父親那裡，蜜蜂是她最重要的玩伴，她會幫忙做蜂農的雜務，譬如刮蜜蠟，或者將蜂蜜入罐。

她有一只紅色的行李箱，每當媽媽要轉移地點時，就會把她的紅色行李箱拿出來給她，她就明白，隨後會和媽媽到另一個爸爸那裡。蜜蜂父親愛喝酒，但都在農忙之後，他也愛找人聊天。校長父親任務多，朋友多，但他不太說話。

一心的母親非常尊重校長，甚至多過她的蜜蜂丈夫，但一心知道她對蜜蜂丈夫也用情很深。一心從小察言觀色，在他們三人之間，一心的感覺是她母親二個男人都愛，不一樣的愛，可能對其中一個多一點。

因為別人家沒有這樣的經驗，她盡量不和同學聊起家裡的事，萬一不得不聊起時，她只會回答以「校長」、「蜜蜂老爸」，譬如，「今年我們和校長過中秋節」，或者，「這是蜜蜂老爸的蜂蜜，」她說的是一心蜂蜜，她的父親不但為他的蜂箱取名一心，而且把一心二字全印在蜂箱上。蜜蜂父親曾說過，如果他不幸過世，那所有他的財產包括蜜蜂和蜂場都會屬於一心。一心並沒有因此而比較愛蜜蜂老爸。但她愛他，她也愛校長。

一心告訴莊，二個父親，個性很不同。她也告訴莊，蜜蜂老爸很認同他，認為莊勤勞、務實、有頭腦以及高學歷。莊幽默地問她，「那妳呢？妳認同我嗎？」她笑了，「你很獨特，是一個非常特別的人。」當時莊因為她的回答，緊緊地握住她的手。

她在認識他之前便一直想到歐洲旅行，她計劃畢業後要去，不但計劃許久也存了錢，「妳不能等我，我們一起去好嗎？」他問，但也說，「好不容易有這麼多蜂農實務經驗，我想打鐵趁熱寫完論文。」

一心原來想延後行程等莊，但他卻無法說出他的日期，二人談了多次後，總是不了了之，真正的原因莊說不出口，他沒有什麼存款，很難在短期內成行。一心不想爭論，她給自己限定了日期，「如果到七月底還不能決定，那我自己去喔。」

她自己一個人上路了。按照她原先的計畫，買了歐洲高鐵，第一站是法國。她沒想到的是，她在巴黎會遇見瑞米。

她對瑞米的第一印象並不是最好，因為那天他喝了許多酒，胡言亂語的，令人無法信服，但他的頹廢裡有一些深刻內容，他的一些話像磁鐵般地把她吸了進去，「呵，你真不是一個普通的酒鬼。」一心對他說。

那天二人的談話她字字句句都記得，他幫她拍許多照片，他拍的她特別迷人，他捕捉到她的真實笑容。李歐卡瑞斯那時也非常愛《新橋戀人》的導演茱麗葉畢諾許吧，她想，不然不會把她拍得那麼美。一心坐在瑞米身邊唱歌，瑞米也跟著她合唱，他們唱個沒完沒了，那個流浪漢從自言自語中清醒了，他對著他們大喊：唱吧，唱吧，不要停下來，不要停下來，世界末日到了，千萬不要停下來。

當時，二人相視大笑，完全忘了這個流浪漢，也忘了遊輪上好多人向他們打招呼，甚至他們也忘了自己。只是笑個不停。

認識瑞米那一天起，一心告訴自己，她要好好想一想她和莊的關係，因為莊曾說她飄忽不定，很難捉摸，他和她在一起時，眼睛裡有一種專注，讓她覺得他似乎走進了她的靈魂深處。但有時他的專注已幾專制，她若不服從，他又像遠離了她。

一心離開巴黎，去了夏特大教堂，她沒有流連很久，哥德式的老教堂，和她心裡的氛圍不同，那一天又下雨，她心裡竟然想起瑞米，他說的沒錯，這裡真的是一個陰森森的老教堂，一心默默地坐在教堂裡角落的一張木椅上。

認識瑞米之前，她都和莊報告她的行蹤，但認識瑞米後，她突然沒有心思傳照片給莊，也少了聯絡，她坐在木椅子上，看著一群日本觀光客很客氣地走向她。

他們是要看她腳下地上的迷宮圖。她不好意思地從木椅上站了起來，走向一旁，過一會，她突然雙腿跪地不起，雙手合十。她不是基督徒，雖然校長爸爸曾為她受洗，但她心思從未放在教會，也不讀聖經。現在她跪在那裡，心裡很激動，想要得到答案，但是她問不出問題。

她很喜歡莊，但是，認識瑞米之後，她覺得自己也喜歡瑞米，她和他才剛認識。她沒有罪惡感，只是覺得人生之秤突然有點失衡。

她的校長爸爸也是牧師，他們農場附近有一座小教堂，週末的校長爸爸會去主持教會禮拜，講道和唱詩歌，教堂很小，大概只可以容納十來人，來的人多半是校長的親人朋友，他們多半是原住民，彼此心意相通，聚在一起常常唱歌，那些人非常敬重校長爸爸，凡事都向他請教商量。

一心記得有一年的聖誕節，校長爸爸吩咐大家練好幾首詩歌，帶著一大箱不知從哪兒領來的精美聖誕卡，租了一輛卡車，要大家去宜蘭幾個地方「巡迴演唱」，他們去了羅東、冬山、三星還到了礁溪、頭城，當時每個人頭上都戴著自己做的天使頭飾，校長爸爸穿著聖誕老人的衣服，一心的媽媽負責開車，安排大家的上下車，到處去唱聖詩，分發卡片，那一趟旅途，大家唱得很開心。

「但要叫世人知道我愛父，並且父怎樣吩咐我，我就怎樣行。起來，我們走吧。」那些年，她背過聖經，在小教會裡，一群孩子，誰背對一句就給一個十元銅板。有一次，她背完這句時，看到校長爸爸滿臉是淚。

她跪在夏特大教堂，聽到背後日本人小聲談論著夏特教堂的歷史，她心裡滿滿都是感動。離開教堂前，她給莊和瑞米都傳了照片，也寫了一樣的訊息，她甚至在教堂外替二個人買了一樣的紀念品，貓頭鷹的馬克杯。她愛貓頭鷹。

這個世界繼續，她在旅館睡了好久，才上路往索村（Sault）去了。這是她的旅途計畫，是去拜訪一位法國蜂農，因為她在網路上看到他們製作薰衣草蜂蜜，她很想一探究竟，就寫了電子郵件過去，沒想到一心很快便收到回信。當時莊也很興奮，但是他畢竟未成行。

索村在普羅旺斯附近，人口非常少，大約二千人不到，這家人出產的蜂蜜品牌叫奧傑父子，但子是複數。去前，一心多次和對方通信，她一直以為是奧傑父親在回答，對方非常歡迎她前往，並且催促她的行程，務必在七月抵達，因為晚了將看不到那遍地薰衣草的美景。

一心下了火車，一個年輕人來接她，她是奧傑的孫子，唯一的孫子，年紀和她一樣大，原來電子郵件都是他回的。這位年輕人留著大鬍子，長頭髮也綁了起來，看起來像個雅痞，他替她提行李，「能為這麼美麗的遠客提行李，一生的榮幸，」他也有南方紳士的禮貌，一心和他用英文對答，他的英文帶著強烈口音，但他說個不停，一心連插話的機會都沒有。

他駕車特別經過薰衣草田園，真的美不勝收，一心拿出照相機等著拍照，奧傑的孫子再度自我介紹，「我是亨利，你可以再說一次妳的名字？」一心放下手機，「一心。」她告訴他，亨利努力地唸著這個名字，然後他把車子停了下來，「這裡應該是最美的拍照景點了，而且是祕密景點，觀光客還不知道。」

一心開心地下了車，「哇，」她看著遠方一座古老教堂，夕陽餘暉，映照著無垠的薰衣草田，她的心敞開了，但也同時被美景驚嚇住了。

她一動都不動地看著周遭。「妳不想照相呀？」亨利靠近她，她搖了頭，「不，謝謝。」她想把眼前的景象記在心裡，更甚於為自己留影。要離開前，她才把攝影機交給亨利。

亨利開車載她返回他祖父的農場時，已經滔滔不絕把他家蜂蜜製造史說了一半了，他們的蜂蜜在十五年前已經正式被認證，而他家的薰衣草蜂蜜得到了紅標。

他們將蜂箱建在空心的樹幹上，每次採集蜂蜜後便會殺死蜜蜂。從小，他便在這個環境長大，看著父親收集蜂蜜、花粉，母親從蜂窩提取蜂蜜，甚至他們還把剩下的蠟做成蠟燭或賣給家具商做家具拋光。

亨利一邊滔滔不絕，一邊將車子停放在農場旁一棟建築附近，亨利的祖父母奧傑夫婦已經站在大門口迎接她了。

一心不可置信自己的好運，大家萍水相逢，他們卻待她如至賓，他們介紹了農場，把收藏的蜂蜜拿出來，又做了一頓普羅旺斯餐點給她吃。一心並未感受到他們是要做生意，他們只是對亞洲和台灣非常好奇。

他們共四個人，奧傑夫婦的二個兒子和妻子都在外地賣蜂蜜，也不跟他們住，只有孫子願意留下來陪他們，農忙時，他們會外聘幫手，農場裡也有幾輛拖車。奧傑老夫婦很喜歡一心，還要孫子盡量拿出古董工具給一心拍照。

他們也開了他們自己釀的陳年紅酒，配以蜂蜜製作的麵包，「我從來沒吃過這麼好吃的麵包！」一心的話出自肺腑，大鬍子亨利立刻切了一片麵包遞給她，她笑了。

奧傑祖父母吃過飯便起身告辭，老人家平時九點就上床了。「妳要聽聽音樂嗎？」亨利在廚房洗碗盤，一心幫忙他把碗盤置入洗碗機，「或者我們開車去附近的小酒館坐一坐？」

車子大約行駛了三十公里才抵達一家酒館，亨利走進去時，酒館裡的人都問候他，好像他是常客，一心和他在角落坐了下來，亨利取了零錢在點唱機前點了歌。一切好像八〇年代的法國電影畫面。

一心覺得好神奇，酒館的人在打撲克牌，場景好像她看過法國大畫家塞尚的畫。「妳知道塞尚？」大鬍子問她，她點了頭，「我最喜歡的法國畫家，」亨利笑了，「我也是，我可以載妳去看他最喜歡的那座聖維多山？」一心喝著很醇的茴香酒，不可置信的點了頭。

亨利又點了好幾首英文老歌，一心全都耳熟能詳，她輕輕地哼著，亨利坐了下來，用手輕輕地撫著她的臉頰，一心不知所措，她對亨利並沒有這樣的感覺，她表情尷尬地看著他。

亨利收回他的手，「累了嗎？」他問，一心微微點了頭。

亨利送一心回到旅館，他向一心道了晚安，就禮貌地告別，「明早見？」一心認真地告訴他，「不，明早我就要走了。」亨利像法國人一樣吻頰告別，走前神祕一笑，「à dieu」

一心回到房間，關上房門，同樣給二個人發訊息。

莊，我到了一個超級的養蜂場。

瑞米，如果你知道這麵包的滋味就好了。

她也給爸爸和媽媽發了訊息，媽媽，你就是我的蜂蜜。你們應該和我來這裡走走，爸爸，這裡是養蜂人的天堂，「恩慈的話語，好像蜂巢中的蜂蜜，使人心裡甘甜，骨頭健壯。」她給校長爸爸發了夏特大教堂的照片。

她睡了一個好覺，早晨醒來，她收到瑞米的訊息並附上一張街頭照，「猜猜這是哪裡？」

原來瑞米已經回到台灣了。

鄉下空氣清新，一心忍不住呼吸了幾口，她收拾了自己的用品，到了樓下，亨利已在櫃檯等待著她，他似乎來了一段時間了，一心很意外，她面帶難色，「我要離開這裡了。」

「妳要去哪裡，我都可以載妳去，」大鬍子亨利坦然的眼神，「目前農場事情少，我也想走走，」一心帶著歉意，「我是自助旅行，並沒想要結伴旅行，」亨利已換了一件乾淨的T恤，看起來也不像壞人，他拿出身分證遊說著一心，拍照上傳給妳任何友人吧，留下證據，「改變妳的計畫，對妳並無損失。」

他堅定地望著她，「對了，妳想去蔚藍海岸，那裡只能開車，沒有鐵路，」大鬍子亨利不斷地找理由遊說一心，「妳是不是擔心我會對妳做什麼？」他認真地問，「妳的擔心也對，但我是南方紳士，我不會做任何妳不願意的事。」

一心輕聲說，「我從來沒想過你會傷害我，」她真心地看著亨利，「不過，我已經有男友了，」亨利說，「我知道，沒關係。」說完又改口，「真可惜。」過了幾秒，「我們可以做朋友，普通朋友。」他伸出大手，一心和他握了手。

兩人上路了，他們有說有笑，亨利是旅行好伴侶，只是到了旅館，櫃檯人員問幾間房間，亨利總是回答一間，一心回答二間，並且堅持各自住一間。

他們去了普羅旺斯酒莊，喝了香氣迷人的 Côtes de Provence，酒莊的老闆大獻殷勤，把所有的好酒和水晶酒杯全拿了出來，又要職員端出二盤起司和水果給一心配酒品嚐。之後，他們也去了別的酒莊，去了塞尚的畫室，以及聖維多山，他們甚至徒步到聖維多山，一心正在慢慢地習慣這位對她不吝付出的朋友，並珍惜他的友誼。

他們來到小鎮的一家旅舍，他們預先便在網路訂好，是二間房間，但到了旅館，職員表示只剩下一間房間，但有二張單人床。那時為時已晚，因也訂不到別的旅館，一心答應一起住入那間雙人房。

沒想到半夜一心突然發現亨利的身體貼近她面牆的身體，她阻止他，但他並未退縮，反還將手抱住她的腰。他並將自己的臉靠近一心的臉想要吻她。

一心用力阻擋了他，並開燈站了起來，她開始打包，去浴室取了化妝包，把東西塞入背包，「對不起，我發誓我不會再犯，」大鬍子表情凝重，「我整夜都睡不著，」他拉住一心，「請不要走，現在半夜，要走明天再走。」

一心坐在她的床沿，沒再說話，沒錯，現在離開就沒地方睡了，她原本就非常疲憊，想好好睡一覺，現在睡意全消。

「相信我，此事絕不會再發生。」大鬍子躺回自己的床，並關了燈，背對一心。一心也背著亨利，他可能不是壞人，只是她不愛他，不足以進行任何需要情愛支撐的活動，她只是交這個朋友，她從小一向有很多朋友，無論性別。當她正在思索這些時，她聽到房間發出一些細微的聲響，她忍不住把頭轉過去看。

亨利正在做伏地挺身，他不知道她正在看著他，他動作輕微，盡量不發出聲響。

一心就在黑暗中慢慢地睡著了。

早上二人經過討論後，決定一起吃早餐，下樓時，亨利向她道歉，一心沒再說什麼，她取了餐盤，拿了食物，坐了下來。

「但是接下來的旅遊，我想自己走。」一心看著面前的亨利，亨利帶著友善的歉意，「不能再給我一個機會嗎？」他拿起桌上的蘋果，大力地咬了一口，「妳是讓我不斷陷落的人，」他說完後，拿出筆記本，撕了一張紙，把原先他的計畫寫在一張紙上，「這是最好的行程，妳可以照著做，有問題打電話給我。」

她告別了他，揹著背包，戴上帽子就上路了，她要去亞維儂，她曾經看過朋友在夏天時到這裡玩，照片上看起來是很有氣氛的小城。

亞維儂剛好遇到戲劇節，整個小鎮到處都是街頭藝人，學校教室廣場都是戲劇節目，一心站在廣場上看幾個舞者跳舞，她好驚艷，心都跟著飛揚起來，離開亨利後，「一個人旅行是對的，」她自言自語，並拿著手機到處拍照，然後站在樹蔭下，把照片同時傳給二個人，莊和瑞米。

沒錯，目前是這個順序。她跟著戲劇節的節目單走下去，走著走著，有人在她背後拍拍她的肩膀，她回頭了。

亨利？她心頭一緊，沒想到他又在這裡出現。亨利笑著說，「我只是想知道在街頭遇到妳會是什麼感覺？」他的表情一派天真。

她和他坐進咖啡館，她點了奶茶，「亨利，這是最後一次，不要再鬧了。」大鬍子深情的望著她，「我捨不得妳走。」

「但人生總有聚散，」一心像老師教導學生般地告訴他。大鬍子喝完他的咖啡，站了起來，就在這時，一心對他突然有一種家人的感覺，「我也捨不得你走，但你得走，」她送他去到小鎮外的停車場，他上了車還在交代她，「à dieu」她目送他的車緩緩使出，下了山城。有那麼一剎那，她真心覺得他們是好朋友，她幾乎想上他的車，再和他一起旅行下去。

但她心上已經有人。甚至她也分不清她想瑞米的時候多還是莊，她又在小鎮商店裡買紀念品，還是給他們的同樣禮物，一人一份。

亨利傳來手機訊息用英文說了他和她相處的感受，「我可以和妳一起生活，無論到哪裡。」一心在她的手機檔案裡找到她自己錄的吉他彈奏。她傳給他，以音樂告訴他她此刻的心情，「沒有音樂的人生是一場錯誤，尼采說的，」亨利的回覆，一心卻想起莊，她覺得他此刻可能正在悲傷，她不知道為什麼自己這麼想。

在更晚的小鎮上，一心一個人散步，寬敞的大路上沒有人，她一個人唱起歌，她第一次知道什麼是孤獨，而歌唱可以對抗孤獨。一心常常在洗澡時唱歌，她二、三歲時就喜歡唱歌，到了校長爸爸那裡，更是整天聖詩唱個不停。

一心唱著唱著，突然站在街上流淚了。

深夜的法國鄉下，令她沉醉，感覺幸福，她走回旅館房間，點燃了亨利送給她的薰衣草蠟燭，取出行李裡的手捲鋼琴，她自彈自唱了一陣子後，啞然失笑。她記著樂句，開始譜曲。她的曲子是歡快的，但隱約也有點憂愁。

但她從來沒真的陷入悲傷之中，她興趣廣泛，從來不喜歡停留在一個情緒上，「那不是不專情，而是我把心情轉移到更有趣的事情上，」她曾經和莊這麼論戰過，莊說，「這就是不專情啊。」現在，她覺得莊是對的，她不專情，因為她常想到瑞米。

她腦海突然跑出一段旋律，她在手捲鋼琴上彈了起來。靈魂會說話，不然我們怎麼靈犀相通，靈魂會唱歌，不然我怎麼安慰你，我想陪你一起哭，我更想陪你笑。我怎麼會離開你，我依靠你的肩膀，讓我們在一起，其他的晚點再說。一心整夜沒睡，唱著這首她新編的歌。歌詞她寫了很久，覺得還不夠好。

她唱得投入，突然聽到有人在敲門，她停了下來，原來她唱得太大聲了。她打開窗簾走到小旅館的陽台上，看著一輪皎月，法國南部的夜晚如此聖潔。

瑞米又留了訊息。啊，又是瑞米，她的歌雖然為莊而寫，但今晚也想過瑞米，想念他看她的眼神，非常想念，如果此刻他在她身邊，他們一起站在這裡，她想唱這首歌給他聽。

一心小時候也喜歡阿沃．帕特的曲風，她喜歡那簡單的和聲結構，音樂裡有靈性和理想，聽他的音樂會讓她的心靜下來，虔誠下來。

莊喜歡古典音樂，但他喜歡的多半是一般人較少聽的荀白克或者蕭士塔高維契，有一次他們一起用餐，義大利餐館竟然撥放著波伽利和莎拉布萊曼合唱的道別時刻。莊說，「妳應該喜歡吧，會不會很感動呢？」一心點了頭，「當然，你呢？」一心問他，「我沒法感動，這對我太過浪漫了，我的理性拒絕這種澎湃的感情抒發。」莊認真地說，說這話的人是古典音樂熱愛者。

一心當時就認為莊雖然說過他喜歡她的作曲，但她內心知道他不可能。他們是不一樣的人，有著不一樣的品味，他太深沉了，或者，他太理性了。

但自從她和瑞米一起唱過歌後，她知道瑞米懂她的節奏，她內心的拍子，他們喜歡類似的旋律。譬如不同的C大調。那個晚上，當一心發現她喜歡瑞米超過莊，她便不再想下去了，開始計劃她的下一站義大利。

她要從瑞士日內瓦搭巴士到杜尼諾，她讀過《杜英諾悲歌》，是德語詩人里爾克的詩，也知道哲學家尼采曾住過這個城市。她在中午抵達杜尼諾，揹著背包問路過一個婦人，教堂在哪裡，那個婦人用義大利語回答她，「subito，」應該在附近，她打算就這樣閒逛到那個著名的教堂，她要去看耶穌的裹屍布，她要告訴她的牧師父親她看了那塊布後的感受。

她在往教堂附近的咖啡館坐了一下，吃了一塊披薩，她沒有趕路的感覺，覺得就算迷路也沒關係，這應該就是一般人自助旅行時的心情吧，走到哪就到哪，不喜歡便改道或回頭，想了就上路。每天寫一點日記和拍一點照片。

她去了教堂，沒看到裹屍布，倒不是教堂沒展示，而是他們展示的不是真跡，真跡亦存放在教堂某處，只是怕真跡被破壞，所以展示了模仿品。

耶穌真有其人，且為世人而死。

這一趟旅行對她意義非凡，為了莊，她去了好幾場音樂會，譬如在巴黎時去聽了 Risto Joost 指揮 Rachmaninov 的作品，也在馬賽看了普契尼的歌劇《公主徹夜未眠》。為了瑞米，她沿途注意食物，還吃了一些名菜，尤其是蒜油麵，因為瑞米說，是不是義大利好廚師，只要嚐這一道就知道。

她從沒有想到逛街，而是常常坐在咖啡館寫日記，她喜歡這種調調更甚於逛街，還有，她也不喜歡揹太重的東西，通常她抵達一個城市便住進旅館，然後再揹小背包出來，她有預感這趟自助旅行會改變她的人生，因為她在旅途上沉思了許多，她常常想的是，愛是什麼。

她究竟愛誰？

第十一章——

旅行是為了尋找回家的路，
在路上，
有人這麼告訴一心。

她在一家旅行社詢問到保加利亞的鐵路轉站，她想從義大利往保加利亞去，拜訪一個女歌手和她的合唱團，因為她非常喜歡那裡的民俗合唱。

那位在杜林諾一家旅行社工作的女人很瘦，人很和氣，她說英文口音也很重，而且也說得相當快，「這是絲綢嗎？」她摸著一心身上的上衣，「不，不是。」一心笑著回答，那個女人說，「我還以為東方來的女孩身上一定全是絲綢呢。」

她為一心在一台老舊的電腦裡叫出檔案，查出搭火車的可能性，二人談得很開心，「妳可以等我一下嗎？」她把工作轉交給她旁邊的女職員，「我們出去喝一杯咖啡。」

一心跟著她走出旅行社，走進巷弄裡一家義大利鄉間風的旅館，咖啡館有一個景色宜人的中庭，她們在那裡喝咖啡，女人還點了義大利甜點白布丁請她，一心非常喜歡，「我好像愛上義大利更甚於法國了。」她笑著說，那女人也笑了。

「愛情，」她深嘆了一口氣，「之前坐在妳現在這個位置上的男人，正是我一生的最愛。」她拿出一根香菸，點起火來。

「他人在何方？」一心好奇地看著眼前這位女子，駝峰鼻但眼睛很好看，眼神深邃，頭髮也烏黑，是一位很有韻味的女子。「他回英國了，」她繼續抽著菸，把煙徐徐吐出來，「上次可能是我們最後一面了。」

一心洗耳恭聽。原來，男人因公來到義大利，他們正是在這家旅館的餐廳認識，就在這個她們談話的角落，那時他坐在別桌，女人與她妹妹中午來吃午飯，正在喝飯後咖啡，男人在談話過程向她微笑並且悄悄向侍者為她點了飯後酒，女子的妹妹知情地告退。

二人便坐在一起聊了起來。他是英國工程師，來這城市是為了到工廠查看設計，旅途只剩三天。

他們聊得非常愉快，女子說，她這一生從未認識這麼博學又有耐心的男人，而且重點是，他長得太好看了，幾乎有點像足球明星貝克漢。

「啊，妳這麼重視顏值，」一心入戲地驚嘆一聲，「那不就是天菜了。」女子的神情從喜悅轉成哀矜，一心突然覺得她像義大利嘉年華上某種面具，是一個人但有二張臉，一則以喜，一則以衿。

「是，他是我這一生最愛的人。」但他們可能不會再見面了，她說，男人當晚又約她見面，他們在床上纏綿多時。

他要離開杜林諾的那天，她照常上班，她曾想過去他的旅館，但他沒約，她遂沒去，心情帶著一絲悵然。一個男人站在她辦公室的電腦前，「請幫我訂一張機票到吉隆坡。」她抬頭一看，心裡充滿狂喜，是他。

他是晚上的班機，他們約了中午在旅館餐館午飯，用餐時他深情地看她，他們聊了許久，餐館的服務生已經問他們結帳，他問她，「妳願意到我的房間再聊一會嗎？」

她去了。一心沒問太多細節，她等著女人說話。

那時已是傍晚，他問我要不要送他去機場，但我必須走，我有個兒子十九歲還住家裡，他和他老爸在等我回去做飯，我兒子會在家裡住到他結婚，我們也不知道他何時結婚，也有可能卅四十。女人嘆了一口氣，他爸爸是足球迷，他在家裡多半只看足球賽，他看時大家都得一起看，我對足球一點興趣都沒有。

她於是得走，得告別那位她深深愛上的男人，她知道，她一生在等待這樣的男人，如果他開口堅持，她會跟他走，天涯海角，為他私奔，她會打電話給她的丈夫說她不回去了。

男人改了機票，他改為隔天一大早的飛機，在女子離開前，他的手放在她握的門把上，二人面對面，他吻了她，她接受了他的身體，同樣的驚嘆，她墮入激情，無以回復。

那個晚上她半夜才到家，丈夫已經打電話給所有的親戚，只有她妹妹猜到可能發生了什麼，她示意妹妹別多說什麼，然後，一切如常。

男人第二天一大早便返回倫敦，她開始無止無盡地想念他，他的身體，他身上的味道，他的神情，他身體的反應，她完全地被這個男人捕擄了，她可以為他放棄一切，為他去英國。「有這個可能嗎？」一心問她，「沒有，目前沒有。」她立刻表示。

因為男人已婚，因為雙方都是天主教家庭，所以應該不會離婚，男人告訴她，「我要妳知道，我愛妳。」他拿出一張名片給她，「任何時候，有任何事，請妳打電話給我，因為明天走後，我可能短期不會再回來了。」

女人從未打過一通電話，她告訴一心，自從他走後，她在旅行社工作，晚上六點回家，煮飯給兒子和丈夫吃，洗碗，打掃，清潔，周日上教堂。

唯一她覺得比較好受的時刻是晚飯後，她一個人站在陽台上，她在陽台上抽菸，想念那個男人，每天，每天，她想念他，想得快瘋了。

「那妳為什麼不打電話給他？」一心問，她問抽菸的女人。

不，一心，我和妳不一樣，妳很自由，可以一個人旅行，愛做什麼就做什麼，我不行，我有那樣的家綁著我，就算我打電話給他，他又能做什麼，只能說我們遇見彼此的時刻不對，我們相見恨晚。

女子面容戚然，一心問她，「之後再也沒有別的男人？」女人說，「沒有，」自從認識他後，她覺得絕大部分的男人都令她討厭，而那天的纏綿也註記著彼此的愛戀，可能從此不會再有。

聖誕節和生日時，他寄了卡片和禮物到旅行社，但卡片上寫得像普通朋友，或許他不想讓任何拆開包裝的人發現什麼。但她的心已經回不去了，早跟著他走了，她好像二十四小時都活在他身邊，她想像他的日子，他沒有她的日子，她想像自己去找他的日子，她想像各種過去和未來，都在她家的陽台上。

日子就這樣過去，三年了。

三年？妳說的好像上個月才發生的事。

「妳今年幾歲？」這位義大利女子年紀大一心一輪，二人英文也都不是最流暢，但她們卻在咖啡座上聊了許久，義大利女人說她不看心理醫師，也從來沒對人說過這件事，一心傾聽她，她沒有什麼故事可以告訴她，唯一可說的是，她原來和莊在一起，在旅途時認識了瑞米。但她說時自己都覺得這個故事不像故事。

「妳真的是年輕人，」義大利女人笑了，「妳不必做選擇啊，妳的情感故事才剛開始，不必有什麼決定。」

她告訴一心，她是她的年紀時，也有好多男人追求她，但其中一位對她展開熱情攻勢，那就是她現任丈夫，但他們結婚後，他便變了一個人，在孩子出生後，他甚至更懶了，失業後，再也不認真找工作了，她對他太失望了，傷心透頂，才會愛上他人。

「要是我是妳，我會好好談戀愛，不輕易允諾，」義大利女子這麼告訴一心。她們徐徐抽起菸時，一心聊起媽媽，女子很感興趣，於是一心把她媽媽的人生故事完完整整說給她聽。

義大利女子聽得入迷了，她不停追問所有有關媽媽生活的細節，「bravo，bravo，這就對了，我太喜歡妳媽了，我喜歡這樣的女性，」杜林諾女子很激動地告訴一心，「太好了，我喜歡妳媽的故事，我們該以妳媽做榜樣。」

第十二章——

海浪會漲也會退，
心情也是，
江詠雲正在學習跟著當下走。

江詠雲這一陣子逐漸習慣一個人住在海邊的生活。

因為麗莎熱戀上一位竹科電腦工程師，原本往返新竹和白沙灣，但是「車程太遠了，」她上幾次回來都帶走一箱箱的行李，主要是衣服，她說，「這次是認真的，這個人我一定要把握。」

一切聽起來都很美好，江詠雲也見過這名工程師，斯文帥氣，待人也算有禮，但離麗莎的標準只算及格以上，「算是一個書呆子，但至少人很聰明。」

麗莎說她的擇偶條件是一種高級數學的演算，她管它叫「選祕書原理」。一個董事長要選一個好祕書，有一百個人來應徵，要怎麼選才最有效率而且可以選到條件最好的祕書？首先必須面談三分之一的應徵者，並且要打分數，在其中選一個分數最高者，然後繼續應徵接下來的人，只要有任何一個人的分數再高些，那就可以中止應徵，原則上找到好祕書的機率已經很高，不必再繼續花時間面談應徵者。她現在就是用這個原理推算，她覺得她可以結婚了。

麗莎第一次提起結婚這個詞，令江詠雲知道，麗莎可能遲早會搬出去了。

江詠雲惆悵了好幾天，終於帶著衝浪板，開車到中角灣去衝浪，對那裡的浪水感覺順暢，度過一個下午，開車回到白沙灣的家，又出門散步，望著夕陽下的餘暉，她一個人在海邊走著走著，卻踢到垃圾，她住的海邊不是觀光客最常到的景點，但也是強弩之末，她看到比平常更多的空罐頭、鐵罐和塑膠袋，心裡升起不滿和傷心，令她難過的也包括麗莎的心思已經離開這裡，她們共同的理想已化為烏有，她已經帶著她的大狗住進了男友在竹北的家。

麗莎以後也不會再有心情來這裡一起清理沙灘了，她暗想著，未來的沙灘會是什麼樣子？

她拿出身上攜帶的夾子，開始撿拾海灘上的垃圾，當天的氣象報告顯示，明早颱風會來，但她感覺風已強力地吹起，海浪很不平靜，似乎在生氣抗議了。

她把一些可以聚集的垃圾置入她的竹簍，但更多是一些微細的垃圾，已經經過大海無數次的吞噬又吐出的塑膠碎片，結合沙粒，已經無法分辨，江詠雲放下夾子，坐在沙灘上一個大型廢棄塑料浴缸旁嘆氣，第一次，她有了愚公移山的感覺，她算了一下，她最多每天也只能清理三公斤的垃圾，但台灣海岸線有多少垃圾？為什麼會有人將塑料浴缸丟棄在沙灘上？

習慣了一個人的生活，也沒什麼不好。只是在無人的海邊別墅，除了辛勤地製作和繡補衣服，她嚐到寂寞的味道，「妳要不搬到竹北，和我們做鄰居呢？」麗莎拗出了這個句子，「不可能，」她是這麼好強的個性，她覺得自己非得振作圖強，不能離開海邊。

何況她喜歡衝浪，更何況沙灘等著她潔淨。

麗莎答應她帶工程師男友一起幫忙淨灘，他們來了一個週末，但又消失了蹤影。那一次，他們回到海邊住處，麗莎的工程師男友到 Seven 買了飲料，令江詠雲無比驚訝的是，他居然拿回好幾根塑料吸管，江詠雲瞪著吸管，提高了一些些聲量，「我們剛剛才在沙灘上收拾了一些，怎麼你又去拿了新的回來，」她說完，立刻意識到自己的聲量，也覺得自己無權教訓別人，麗莎的工程師男友無辜地回答，「我是來陪麗莎，不是來陪妳的，喝飲料用個吸管會怎樣？」

麗莎無可奈何站在兩人中間，過一會，他們便開車離開了，走之前，麗莎還安慰她，「他是宅男，不然就在辦公室，不太出門，比較沒有環保概念，下週末我回來陪妳。」

江詠雲的語氣已經緩和下來，「我不是要妳陪我，」她停頓了一下，「我只是希望我們有個乾淨的海灘。」她的聲音像要哭了。

他們要離開時，江詠雲想說抱歉，但又認為沒必要。麗莎再也沒回來了，江詠雲知道，環境已經飽受汙染，海洋只是無助地把垃圾吐回來，她應該也快失去了這位好友了。

麗莎搬走了，過一陣子，她和工程師準備結婚，她告訴江詠雲並且邀她參加婚禮，因為麗莎再也不聯絡，且也從未和她討論婚禮，江詠雲賭氣不想去，但畢竟是好友一場，只好答應出席。

麗莎走後，房子變得好靜，太安靜了，她都能聽到海浪的嗚咽聲，偶爾發現，屋子一角也長了好大一片綠苔，她才察覺自己沒好好照顧這棟房子。

或許她也沒好好照顧自己的心。

這一年來，除了和顧客見面，她並沒有結交新的朋友，她倒是常衝浪，身體比在倫敦時健康，也許這就是她的生活了，但冬天濕而冷，令她望海止步。

但願妳一切都好。

亞歷山大突然來自英倫問候她，使她驚喜和矛盾，她遲疑著，思索著，為什麼她看到他的訊息會心跳呢？為什麼她這麼難以離開他，她原以為一年過了，她早已遠離他了，現在她才知道，她並沒有。但願妳一切都好？

她拿出自己在倫敦寫的日記，一頁一頁地讀，一些當時的感受一筆一劃地寫下來，但是如同長串的密碼，她只讀到孤獨，那時住在學校附近的公寓，公寓裡有許多他們共同的生活回憶，她無法抹除他留下的記憶，彷彿那些回憶就混合成一件合身的衣服，而她習慣那件舊衣服，她捨不得丟棄。

「妳怎麼那麼放不下，」麗莎每每聽她提起亞歷山大，她就皺眉，「不過就是個老男人，老教授嘛，」她知道麗莎會說什麼，她重複一遍又一遍，「這個男人不值得妳這麼愛，」江詠雲不能再和她討論，因為後來的麗莎口中的亞歷山大是個「渣男」，是個想要享受多妻制的保守中產階級，有種族優越感的白種男人，麗莎口中的他充滿負面的性格，行為偏差。

她和他在一起時並沒有麗莎的這些疑問，但她也從來沒真正享受過戀情，她甚至覺得，這不是戀愛，這不應該是，但如果不是，她為何仍然對他念念不忘。

只因為他仍保持了某種性格，只因為他知道如何使用那些有趣的句子挑逗她，只因為自己沒遇見更值得的人，只因為他曾經提過他想離婚？

他像二個人。笑起來有天使般的笑容，但不笑時看起來很嚴肅，一些時候，她覺得他有點像魔鬼，人模人樣，穿著他搭配得當的衣服、鞋襪，他上課時說了教授不該說的笑話，「請給我一杯黑咖啡，要黑得像我的女人，」他說的話使她嫉妒，同學都笑了，明白他的比喻，但她卻不想明白。

她離開教室，走得很快，要下樓時，她看到他快步走到教室外，似乎要叫住她，但她頭再也不回地走了。

「黑得像我的女人？」她後來訊息他，他回答她，「黑得像我曾經擁有的女人。」

我們以後怎麼辦？

現在，現在呢，為什麼老是提以後。

她知道他的心思繁複，那些思想像他的傷疤。他曾經在一架小飛機失事後被人救起，重傷的傷口被醫生重複縫合。他是唯一的生還者。

她知道他嚴肅的面容通常在第二杯調酒後就會改變，隨和可調適，但很有可能，很快地，她又會從他的話裡發現他在扯謊。

和他相遇後，她變成了另一個人，彷彿他不是好的影響。他自己那困難重重的服裝品牌計畫，看不完的資料及寫不完的論文，他用不完的藉口，使她只好沉默以對。他也沉默，但她知道她的緘默和他的不一樣，她的緘默是抗議，她覺得委屈，她的緘默使他沉默。「原來我愛你，而你不愛我，」她內心也有些許怒意，她是愛他，但他只說，「愛是什麼，我總是關心著妳，還不夠嗎，」她覺得不夠，不平等，少了一半，不，少了一大半，只關心太少了，她開始找理由，因為他仍已婚，仍然有個家要回，翅膀只有一隻，自由但不足以飛行，她的愛也逐漸像貧瘠的盆栽，因為不上心而少給水，所以活不出幻想，她無法想像下去。

只是因為我仍已婚，這個理由有點可笑，妳不能愛上一個已婚的人，已婚的人不配妳的愛。他真的對這件事發出嘲諷。

他們偶爾在學校相遇，她開始對他隱瞞了一些事實，事實是，她還想念他，但她不想讓他知道，她覺得自己身處一場情感的戰場，她不能讓他知道她在想念他，這是感情遊戲，她從電影劇情得知，發明想像，戰戰兢兢地配合他的高明，只發簡短訊息，唯恐被他看穿。隱瞞像一種祕密的力量，像蜘蛛網般，越來越大。她曾經也問過他，難道他就不曾想念她，為什麼從來不提。

他說，想念不一定要說出來，這不是他習慣的事，那不像男人該做的事。江詠雲當時發出疑問，她說，我不相信男人的辭典裡沒有想念這個動詞，除非他不是人類。亞歷山大很認真也很平靜地回答她，「因為妳總是在我開始要想念妳之前便聯繫我了。」他的回答令她更為不明就裡。

那些在倫敦的日子不但孤單，還有一種落單的恐懼，她像掉入蜘蛛網裡的昆蟲，怎麼奮力就是無法脫身，她自己也不解，其實他也不解。

亞歷山大很聰明，也許世故，也許天真，無論如何，他標準很高，他曾自嘲「我那魔鬼般的高標準」，他很少讚美，對她，甚至對別人，他讓她感到孤獨，他讓她覺得自己不夠好，也不值得任何人的愛。

他是她生活的形式，至少她嚮往，而他曾說，她是他生活的內容，因為她認真不間斷，因為她以他為中心，如果二人可以合作無間，如果不考慮她心裡的細節，他戲劇般的人生，他經常性的脫軌，讓人難以置信的解釋，太令人難以相信，二人也不是不可能在一起，她期待他能最終說服她。

她渴望相信，她想相信他。她認識的朋友都覺得不可思議，尤其是麗莎，怎麼會有人這麼死心塌地。他不是一個好情人，甚至連好朋友也不是，好朋友不會有這樣的行為，他的故事不是故事，從前她們便不相信。現在更不相信。

她們說，妳不能一直妥協，他置妳的愛如敝屣，因為她對他如此忠實，太過忠實，無條件的忠實，他怎麼會珍惜。

但只有她知道他的生活過往，只有她自己知道，為什麼她喜歡這樣的人。

亞歷山大曾經在時裝界遇過黑道，幾位黑道帶他和他的同事到陌生酒吧，在酒裡下藥，要他們簽下品牌合約，亞歷山大雖不清醒，但他執意不肯，他們拿槍對他們，他的同事立即下跪，沒想到黑道竟然槍殺那人，而他沒有下跪，他覺得沒必要，也不想沒有尊嚴地死去，他沒下跪，那只是他的人格，但這件事使他逃過死劫，那些人沒有槍殺他。警方隨即抵達現場，解救了他。

她曾在孤狗裡讀過這則新聞報導，也聽他說過，她明白他的個性，也因此一向尊敬他。

第十三章——

還有，

江詠雲是在回憶中逐漸明白了事情的價值。

她的人生裡也曾經這麼尊敬過另外一個人。

這個人是她的十八歲。

十八歲那年，她的人生發生了大事件，她像一件衣服，而急速運轉的人生洗衣機將她捲進無止無盡。

事件發生的幾個月後，她才抵達。

那年暑假，她高中畢業，正準備要北上就讀台北一家大學的服裝設計系，一天，麗莎和一個男生要約會，拉她一起去看電影，她去了，認識了瑞米，二人互有好感，連麗莎也鼓勵她和他交往。

瑞米約了她出來，她喜歡電影，所以他約她看了二部電影，最後一次是一部不怎麼樣的賀歲片，看完後，他向她說抱歉，想請她吃飯，他以摩托車接送，江詠雲報備了在家等候的媽媽，和瑞米來到他常去的餐館。

那是瑞米稱讚的小館，食物非常好吃，是宜蘭名產，江詠雲才坐下來就看到那個在學校常常搭訕她的老柯，江詠雲從來沒和他說過話，只和他交接過一次眼光，她曾看過他眼神中有一種兇氣，但對待她的姿態卻異常溫柔，會在學校自動為她做事，譬如開門，或者當眾對她吹口哨，不過江詠雲從來沒想過要和他來往，他的動作越來越大，有時已經到了輕微騷擾的程度。譬如擋住她回家的路，逼她收下他送給她的禮物，或者，要一群男同學圍住她，當她被團團圍住後，他突然地出現，彷彿英雄救美似的將她解救出來，她覺得幼稚之極，對他沒有好感。

老柯在學校喜歡糾集同學，他會像大俠般照顧身體有障礙的同學，也會帶頭反對老師，甚至羞辱老師，但大家也習以為常，連被羞辱的老師也接受了，她曾經一時有點混淆，覺得其中有些蹊蹺，是不是老師有什麼把柄在老柯手上，這是同學之間的謠傳，但老師每天面色如常，江詠雲又覺得老師是個有仁心的智者，像選了猶大的耶穌，明知猶大會背叛，但他仍要給他機會。

但還來不及印證，江詠雲便遇見了這件事。

她坐在餐館面對瑞米的位置，正在驚嘆食物聞起來很香，有幾人走進餐館，靠近他們，瑞米站起來，他擋住了兩個人，但其中一人還是掀了桌，江詠雲手上的碗掉在地上，她看到老柯對她伸出手，「走吧，不要和這個不像樣的人再混下去了，」他用另外一隻手把嘴上的香菸拿下來。

江詠雲走出餐館，急著要保護她的瑞米和他們打起架來，由於不敵，瑞米往餐館的廚房退去，但老柯又追了上來，餐館老闆娘站在廚房一角，正為外面吵鬧聲感到奇怪，瑞米衝了進去，老柯也衝了進去，這時，一切都已太遲，江詠雲走進廚房時，老柯當場血流如注，大家都在那一秒鐘停頓了。

老柯嚎叫起來，瑞米彷彿也被眼前發生的事嚇住了，他的臉上也被噴了幾滴鮮血，他放下刀，查看倒地不斷哀嚎的老柯，並且試著要用抹布為他止血，但老柯詛咒他，老闆娘也示意他離開，老闆娘的丈夫一向認識瑞米，他雖不了解現場情況，他也示意瑞米離開，並且叫了救護車。

瑞米並未離開現場，他不停打電話，確定救護車的來到，江詠雲陪著他等，但她心急如焚，她那時也希望瑞米趕快離去，她無言地看著他，他的眼神並沒有罪惡感，也不慌張，只有關愛。他也關心老柯的狀況。

救護車來了，一群人將老柯送上了車，老柯詛咒聲微弱了許多，再之後，他昏迷過去，救護人員緊急為他驗血及輸血。

再過沒多久，警局的人員也到了，他們問了現場狀況和拍照，並將老闆夫婦、瑞米和江詠雲帶到警局。

那個晚上是無止盡的詢問，江詠雲和老闆夫婦可以回家，因為瑞米承認是他動了刀，他說是不小心的殺傷。江詠雲的爸爸和媽媽來了警局接她回家，他們在警局門口遇見了瑞米的議員爸爸，江詠雲的父親瞪著對方發出「哼」一聲，就和母女二人離開。

江詠雲很為難，她不想離開現場，但現場鬧哄哄，氛圍非常不祥，令她不寒而慄，她知道，瑞米是為了保護她，她不該就這樣離開他。

「妳究竟和他有什麼？誰要妳出去了，怎麼會和這種人扯在一起？」他父親開車回家，怒氣沖沖，並側臉告訴自己的妻子，「從現在起，不准和這個人聯絡，一次都不行。」

那就是她的十八歲。她的門房被鎖了幾天，手機也被父親沒收，她完全沒任何聯絡方式，媽媽也站在爸爸那邊，「那個瑞米已經被提告了，」她支持她丈夫，自己也非常苦惱，因為女兒江詠雲已成為事件的證人。

瑞米的父親是地方名紳，也是議員，老柯的父親也是政治人物，正是對手人物，這些因素使得江詠雲的父親也忐忑不安，他只是市井小民，不知道接下來會發生什麼。他們夫婦想盡方法就是讓女兒無法和瑞米聯絡上。

那時，江詠雲的母親是扮白臉，她告訴女兒，「妳爸不讓妳出門，妳就先依他吧，避避風頭，」她也安慰女兒，「我們也搞不清楚狀況，妳就在家先安靜一下不行？」那時江詠雲為了手機做了絕食抗爭。

也就是在同時之間，江詠雲的父親被診斷出肝癌，而江詠雲必須去接受偵訊，從餐館老闆夫婦和老柯及朋友的說詞上，她確實與瑞米殺人案無關，尤其是瑞米自己承認，他是「因為女朋友被欺負，以及差一點被掐死才反擊，」等說法，使警方不再認為她是同謀。

江詠雲當時聽到警方有人這麼說時，心情既甜蜜又不解，女朋友？她到那一天只和瑞米牽過手，自己也不確定自己就是瑞米的女朋友，她喜歡他，她懷念他對她的關心，但她懵懵懂懂，還不知道這是愛情，而事情就發生了。

她有一種感動，也有一份傷懷。

她渴望知道瑞米是否安好，她曾問過學校的同學，但沒有人知道。她拜託來家裡探視她的同學幫她打電話給他，但電話也沒人接了。

她想和瑞米聯繫，她媽好心地說，他在看守所吧，妳可以寫信給他，她給了一個地址，是一個郵政信箱的號碼。

她寫了好幾封，但沒有回音，一直到多年後她媽來倫敦時，才不小心說出來，原來她媽故意把地址寫錯了，那郵箱的號碼擁有者其實是她爸爸。

那時太多的徬徨，對人生，對自己，那幾個月度日如年，不知瑞米是否安好，她讀了好幾本書，畫了一些服裝設計圖，她自以為是地畫了一些，認真想學這個專業。

她母親要全心照顧丈夫，他們讓她選擇去倫敦的住宿學校，「妳去吧，我們會支持，」他們說服了她。

她以為瑞米再也不理會她了，帶著惆悵，她離開了台灣，到了倫敦，展開了寄宿學校的語言學習。

倫敦的生活和台灣太不相同了，各種文化的衝擊和新生活的適應，她多次想過瑞米，也透過同學想聯絡他，想知道他究竟過得好不好，後來的生活是怎麼過的？但他們之間就這麼斷了訊息，好像他從她的人生消失了，就像圖畫上的人，被鉛筆擦去，再也不存在了。

她沒忘記瑞米，但時間畢竟殘酷，她對他愧欠的感覺也逐漸淡了，她聽說瑞米入獄了，她只希望他過得好。

她也聽說，瑞米的父親雖然是政治人物，但未嘗試讓兒子減免刑責，他當眾說，「該怎麼判就怎麼判，」老柯雖然保留了性命和左臂，但氣焰也消了許多，他現在心裡只有恨，江詠雲聽同學轉述，他在等待有一天的報復，他撂下一句「君子報仇，十年不晚」。

就在這些感傷和不解消退之後，她獲得時裝學院的甄選，是個天大的好消息，她珍惜學習機會，進入另一階段的人生，再不久，她就認識了亞歷山大，她的教授，是他讓她開始逐漸忘記了瑞米。

按照麗莎的說法，江詠雲對亞歷山大「用情太深」，按照麗莎的說法，對男人，對任何男人永遠不要放下情感。費解的道理。但她的學習從來沒有中斷，也在倫敦的生活中培養了自己對美學的欣賞和判斷，那些日子雖然孤寂，但那孤寂使她對人事物的觀察更為敏銳，就像許多詩人說的，那種孤獨便是美感的來源。

當時她心裡雖然都是亞歷山大，但偶爾對瑞米的記憶也會浮現，瑞米當時是真的愛她吧，只是二人都太年輕了，那時的她不懂愛情是什麼。

「如今妳也不懂啊，小姐，」麗莎和她聊天時會嘲笑她，她確實覺得麗莎在感情上比她成熟許多，相較下，麗莎談過太多感情，她知道男人在想什麼，她知道自己要什麼。

麗莎要搬走前，她們一起喝了一杯咖啡，「妳知道嗎？瑞米現在是米其林廚師？」麗莎從另一個同學那裡得知，瑞米入獄二年後，便去巴黎深造，現在人在台灣，已經是大名鼎鼎的廚師。

第十四章——

一心在尋找媽媽的花園中，找到了另一個花園。

一心是因為媽媽才開始接觸芳香療癒。

媽媽去上了課，回到家時整個人神清氣爽，她靠近一心時，發出燦爛一笑，一心看著媽媽，聞到媽媽身上有甜橙的味道。

媽媽從背包裡取出一本筆記本，那本筆記本她隨身攜帶，她在上面記帳，記錄種植、灌溉，除蟲的雜事，下山要買的東西，蜜蜂採花的時日，一心常常看到媽媽在寫筆記，她知道裡面一定有媽媽一些祕密，她不曾偷偷翻閱，她尊重媽媽，也尊重媽媽的祕密。

媽媽從筆記本裡取出十來個小紙片，每個小紙片約小指那麼小，上面寫著名字，而每張小字條又夾在不同的頁數裡，她把十來張小紙片取出後，「把桌子擦乾淨，」她吩咐一心，一心頗覺神祕地照辦。

她把小紙片放在桌子上，一張一張排好，玫瑰、薰衣草、乳香、完全依蘭、天竺葵、雪松、尤加利、檸檬、薄荷、茶樹、西洋蓍草、冬清、紫羅蘭、岩蘭草、晚香玉。

一心光看到那些小紙片上的名字就大感好奇，媽媽要她嗅聞，並且複習她上課的筆記，她身上的甜橙便有提振心情的效果，而薰衣草或玫瑰都可以放鬆心情，乳香則是讓人感到神聖般的安逸。

一心完全入迷了，她嗅聞著這些小紙片，一一感受媽媽筆記本上所說的一切，「這個還有催情效果，」媽媽開玩笑地指著完全依蘭那張小紙片。一心都很喜歡，她反覆地嗅聞，從此和媽媽去上了十堂精油課，課程昂貴，但媽媽願意幫忙。女老師也是醫生，她說她是到歐洲各地學習，僅僅學費就花了二百萬。

醫生老師也特別為母女調配了配方，針對二人不同的體質和個性，一心外向適合安靜，媽媽則恬靜，適合提振，二人也向老師買了精油，她們會滴在身上、枕頭上，媽媽甚至用於噴霧器。

一心的配方裡有玫瑰。醫生老師讓她嗅聞了她所收藏的玫瑰精油，其中有一瓶是大馬士革玫瑰品種的純精油讓她讚嘆無比，那是保加利亞最純粹的品種，一心記下那個醫生老師去過保加利亞的地名 Karlovo，從此她的歐洲行程計畫也有這個名字。

一心的媽媽天天與精油為伍，她睡前使用薄荷和薑精油治療過敏鼻塞以及偶爾的脹氣，她常常以乳香為自己沉澱農務後的倦怠。

媽媽很喜歡和一心玩香氣抓週，她讓一心閉上眼睛，選出三種精油，並且調配混合讓一心挑選，她說，這三種香氣代表過去、現在與未來。一心好幾次都還是選了玫瑰，那是她的過去和未來。媽媽自己總是會有岩蘭和甜橙。

她們母女非常鍾愛氣味抓週，偶爾她們也會選到鼠尾草或廣藿香，她們可以依照香水味道來判斷當下的心情，以及面對事情該有的態度，她和媽媽的關係因為氣味而更靠近。

一心想出國旅行，媽媽把平常一心幫工的鐘點費都存在她的帳戶，她提取出來給一心當旅費。她另外出資，囑咐一心帶回歐洲的特種精油，一心因此更有藉口逗留在任何賣精油的地方，她曾經在南法一家精油店沉迷了一整個下午，女老闆非常耐心地教授了她更多精油的知識。

所以飛機降落了索非亞，她過夜後便出發坎茲拉克城，距離索非亞三小時車程，車子才靠近小城，一心打開車窗，花香便撲鼻而來。

一心走訪了幾個巴爾幹山城，認識了一個當地的朋友，一個叫阿麗絲，她是玫瑰蒸餾場的女工，她願意在下班後和一心見面聊聊，二人因此成為好友。她邀請一心認識她的家人。她告訴一心，黛安娜王妃也喜歡玫瑰，她指定的精油便是她公司最重要的產品，在生前做過許多芳香治療。阿麗絲對英國皇室的故事如數家珍，娓娓道來，她說她並不是特別喜歡黛安娜，覺得此女心機太重，得厭食症也就不令人意外，阿麗絲倒是折服於卡蜜拉，她和查理王子最終能終成眷屬，不得不歸功於她的高度情商。

一心第一次聽到有人不喜歡黛安娜王妃，她覺得阿麗絲的觀點奇怪，雖然她從未關心過英國皇室，但阿麗絲把那三人的關係一一細數，使得一心也產生了興趣，「或許她命好？」一心轉念這麼說。

「不，黛安娜命太不好了，她不但早死，且一生波瀾不斷，查理王子只愛過她短短幾年，」阿麗絲說起這件事便興致高昂，她批評戴安娜王妃，「她太情緒化，太沒有安全感了，又偏偏是一個控制狂。」

阿麗絲是個老成保守的東歐女孩，她高中畢業就留在蒸餾工廠，雖然工廠裡也有男性對她有興趣，但她從來沒談過戀愛，她看不上那些男人，「因為他們滿嘴廢話，不長進，」她愛讀書及小報，上至天文，下至地理，她知道好多事，像個雜學家。

一心幾乎都在聽她說話，大部分都聽懂了，關於做女人的道理，一句話，就是要有耐心，不能任性，還有另一個說法類似中文，撒嬌的女人比較好命。

「妳覺得我的命如何？」一心被她的說話內容吸引了，她問，阿麗絲反問她，「要不要找我媽媽，我媽媽會算命。」

阿麗絲和媽媽住在一起，在一棟漂亮但十分老舊的公寓二樓，阿麗絲媽媽正在炊煮食，她歡迎一心，泡了花草茶給她們喝，自己告退到另一個房間做準備，過一會，阿麗絲對正在喝茶的一心說，「妳可以進去了。」

一心走進那間只有燭光的房間，天花板垂掛一大塊白布縵，牆壁漆成紫羅蘭色，房間瀰漫著大馬士革種的玫瑰花香，還有些許淡淡的椰香，一心的心情立刻輕鬆了許多，這個味道使她想起了媽媽。

阿麗絲的媽媽換了一身衣袍，包著頭巾，她表情神聖，身上掛著長串項鍊，手上握著一隻水晶球，「妳回到家了？」她問一心，一心不懂她的意思，立刻搖搖頭。女人重複地說，「妳是否感覺放鬆？」一心聽懂了她的意思，她點了頭。

「妳是個很有自信又自愛的女孩，所以很多男性很容易被妳吸引，」阿麗絲媽媽的英文不怎麼流利，她說了一會兒，一心看著阿麗絲，求助她的翻譯。

阿麗絲的媽媽看著手上的水晶球，她雙手繞著水晶球一圈又一圈，桌上的一排燭台的火焰跟著搖晃，她停下來，要一心看著水晶球，「妳看到了什麼？」

一隻蜜蜂飛呀飛，一心看到莊坐在樹蔭下，「我的朋友莊好像在等著我。」她說。

「好像？」阿麗絲的媽媽要她確定，並且問了莊是誰？

一心也覺得古怪，她沒想到莊在等她，她沒想到她看到莊在等她。「但是，他真的在等妳嗎？」阿麗絲的媽媽聲音溫柔，她手上的銀鐲發出撞擊聲。

「嗯，應該是，」一心再一次看著水晶球，但樹蔭下已經不見人影，她目不轉睛地看著，但水晶球裡只剩下她自己的臉。

「妳想知道什麼？」阿麗絲的媽媽問她。一心想了想，「我想知道我是誰，我愛誰，還有我未來要做什麼？」到目前為止，她的人生都很幸運，只要打開自來水龍頭，水就會流出，但會不會哪一天水不會自動流出來，那時她應該怎麼辦。

「一次只詢問一個問題，並且誠心誠意地默唸著妳自己的名字和妳要問的問題。」阿麗絲的媽媽透過女兒翻譯。

一心專注自己的問題，當她想好時，阿麗絲的媽媽又以雙手交替著水晶球的氣場，過一會，她說，「我看到妳在唱歌。」一心點頭如搗蒜，「真的？」她大聲呼叫，隨即不好意思地安靜下來。

「等一下，」阿麗絲的媽媽示意後，又以一心不懂的語言喃喃自語起來，她停下來，「我看到許多外國觀眾，但不祇是華人，」她篤定地告訴一心，「妳能名揚國際，成為名歌手。」

「我會做曲，也喜歡唱歌呢！」一心開心極了，她把問題又轉回她和莊的關係，「我們以後會怎麼樣？」

她曾在聊天時把在旅途中遇到瑞米的事告訴阿麗絲，但阿麗絲的媽媽並不知悉，「你和莊的關係充滿困難，也和家庭有關，但最後圓滿收場，」她媽媽充滿笑意地說。

一心原本想提問有關瑞米的事，但她放棄了，答案已經很明顯，為什麼要多問？

阿麗絲的母親要女兒取出她珍藏的玫瑰精油，並要一心躺下來，她為一心在身上灑了幾滴，一心躺在房間裡的沙發上，整個人好像陷入地層之下，四周安靜，只聽到阿麗絲和母親的輕聲細語，她呼吸順暢，逐漸入眠了。

夢中她正在準備和莊步上婚禮現場，來賓來了很多人，她穿戴新娘禮服，左等右等，但有人告訴她，莊正在路上，而路途塞車中。就在焦慮中，婚禮現場播放起一心最愛唱的那首歌時，莊衝進來，他趕到了。

一心的夢延續著。她和媽媽走入一個中古世紀的香精店，裡面的裝潢、燈具都像皇宮，香精都裝在古色古香的瓶子裡，而每一個瓶子都精美豪華，令人愛不釋手，因價格不斐，一心和媽媽決定各自挑選二瓶，媽媽選了她的甜橙和薰衣草，那是最高海拔來的薰衣草，質量驚人，在夢裡，一心似乎都嗅聞到了，她忙著挑選自己的二瓶，難以決定，但最後她挑了佛手柑和乳香。

她在阿麗絲媽媽的房間裡睡了好久，醒來時，阿麗絲和媽媽都不在了，她覺得自己好像已經到了另一個世界，神祕的房間令她專注在自己的嗅覺，她回憶自己的夢，她挑了佛手柑和乳香，那是她給莊的禮物，她覺得佛手柑可以療癒莊的憂鬱感，而乳香又可以緩和她對他的情緒，她直覺快動作也快，衝勁十足，對他也直言不諱，而他慢，凡事不急，內心藏著憂傷，好像扛著一身的責任。

一心思索著夢境，她不再猶豫了，瑞米只是一個插曲，不是她該選擇的人，她對自己這麼說，站了起來，打開門走出房間。

她和阿麗絲母女吃了晚餐，在她們家住了一晚，便出發去找澤哈瑞娃，一位住在保加利亞的女歌手，那是她行程上要拜訪的人，也是她歐洲之旅最後一站。

澤哈瑞娃住在普羅提夫，是位於保加利亞中部的一個小村莊，這裡因發現新石器時代及色雷斯遺址而聞名，可以追溯到公元之前約五至六世紀，小城古蹟很多，但澤哈瑞娃住在一個新蓋的城堡，她已經因歌唱而聞名致富了，就在旅途前，澤哈瑞娃已經獲得金氏紀錄認證最高分貝的次女高音。

一心在 YouTube 上聽到她的歌聲，居然感動掉淚，這是她想拜訪她的主因，她想知道這位歌手擁有什麼樣的力量，一心沒想到她也很快回了電子郵件，並且詳細告訴一心路怎麼走。

一心坐在澤哈瑞娃新落成的房子裡，聽她說起她自己的故事，她從小參加合唱隊，保加利亞女聲歌唱原本便世界聞名，她也跟著合唱隊四處演唱，她去了全世界，紐約、倫敦、非洲，甚至也去過中國。

她的青春都在演唱途中度過了，匆匆和家鄉的一位經商男子結了婚，對方殷實可靠，也不阻止她到處旅行，他們生了一個女兒，家裡請了女傭和保母，她雖然想念女兒，但也習慣了合唱團的旅行生活，這樣過了幾年，女兒已經五六歲了，有一天她長途旅行回到家，發現自己的女兒不認識她，把她當成陌生人。

澤哈瑞娃離開合唱生涯，留在家裡和女兒培養情感，保母本來是她的朋友，但她發現她和丈夫互通情款，她的日子不再好過，她陷入憂鬱、無助，也不再唱歌了，逐漸地，她從一個窈窕清麗的女孩，變成一個肥胖的女人，她越來越胖，也越來越自暴自棄。

她經歷了丈夫和友人的背叛，原本看似成功的人生突然掉入谷底，常常以淚洗面，慢慢接納了她的女兒，有一次很認真地問她：媽媽，妳怎麼了？生病了嗎？

她這才覺醒，開始自救，第一件事便是恢復唱歌，第二件事是固定運動，她告訴一心，第三件事是靜坐冥想，她靠著這三件事減肥了卅公斤，並且再度贏回聲譽。

她帶領一心看她的「皇宮」，並指引一心許多新奇的道具，像水晶的豎琴，各種山石和木塊，還有一個房間裡有各種的鑼和銅鈴、鈸。她認為Gong聲也是治療她的主要聲音。

澤哈瑞娃說在婚變之後，她展開了無數自我和聲音的對話，參與了一些小型音樂會活動，目的是也想治癒別人，「因為我治癒了自己，所以別人很願意聆聽。」

一心此行也要參加她一週的課程，她深受她的故事感動，也想和她一樣成為歌手。

她要一心唱唱那一首「好一朵美麗的茉莉花」，一心才唱幾句，她也跟著合唱，這條歌她在中國聽過，耳聞能詳，但一心對這首歌沒感覺，她勉強唱完。老師告訴一心，一心沒有成為女高音的條件，她應該根據自己的個性或音域唱出自己的歌。

接下來的一星期，一心都在鑼聲及冥想中度過，澤哈瑞娃的歌唱治療共有廿多人參加，她主持課程，並且會聆聽學員的歌唱，給出建議，但她強調，最重要的課程還是認識自己，療癒自己。

參加的人都是女性，年紀最長者有七十餘，一心是最年輕的，那些女性來自世界各地，有人是因為心靈創傷而來，有人曾經失聲或自覺唱得不好而來，澤哈瑞娃的呼吸課極度受到肯定。

澤哈瑞娃會在每天晚上把大家聚在一起談心，幾乎每個參加的女性都會侃侃而談她們的人生，輪到一心時，她啞口無言，她沒有任何她覺得可說的故事，而且和她們比起來，她的故事過於簡單、平凡，她對大家坦承，「我沒有什麼人生故事可以分享，」大家都笑了，老師做了結論，「妳到了這裡，人生開始有了故事。」

一心在後來回家的旅途上曾想過，許多藝術家因為童年創傷或原生家庭陰影甚至人生不幸而尋覓了自我的力量，但她是否過於不敏銳，她沒有特別美好的童年或家庭，但父母都愛她，從小也未受過苦，難道就不適合當藝術家？她曾經和澤哈瑞娃討論此事。

她回答她，是的，親愛的，藝術家的人生創傷和不幸都是他們成為藝術家的養分，雖然這些經歷使他們受苦，但也使他們對藝術的感受更敏感，「沒有人生挫折的人，不可能成為真正的藝術家。」

一心無法辯駁，畢竟她不是藝術家，也不知道自己可不可能成為藝術家，她只有一個小小的願望，有生之年她要唱出最好的自己，不管是什麼樣的自己。

課程結束那天，澤哈瑞娃在附近的一家木製貝殼狀的小劇場裡，邀請了當年和她合唱的團隊，她獨唱和合唱，果然她的高分貝聲音那麼動人，在全程的音樂會中，一心頻頻拭淚，見證了歌唱的力量。

但她自己能唱嗎，她也在返回台灣的路上想過，她能否走上歌唱家這條路？她仍然沒有自信。

第十五章——

瑞米為一心做了瑪德蓮蛋糕，

她正在感受其中的滋味。

瑞米先在外婆家住了一段時間，他應徵廚師工作，通常履歷寄出去，一定立刻有正面回音，因為他在巴黎的經歷獨有，「就算是五星級旅館主廚也不一定留過學，」有人這麼告訴他，他也幾次往返台北和宜蘭，為了最後的面試，但每一次當他把身分證或戶口名簿遞上去後，就再也沒有下文，不然就是類似的託詞，怕過於低薪，他會做不久，或者，公司另有考量。

瑞米知道真正的原因。

他因此非常感謝瑪格麗特和鷹勾鼻經理，他們從來沒問，也沒管那麼多，他們毫不猶豫地給他機會去嘗試，當時他也感恩過，但如今他更是感激不盡。

瑞米沒放棄，並且願意從低階工作做起，所以他來到了一家一顆星的米其林餐館，試用期是半年，他的工作是助理廚師，工作內容是協助法國主廚，薪水是四萬，老闆的善意讓瑞米一口答應，「你會說法語，那就盡量在我們餐館裡說說法語吧！」他仔細研究過瑞米的履歷，「我也是宜蘭人，我認識你老爸。」他的店是一家法國連鎖餐廳，他頂下招牌，租了店面，並聘用了連鎖店推薦的主廚，主廚明榭來自不列顛，原本當兵，但在阿富汗服役時得過恐慌症，一心想退役，才開始學廚藝。

明榭喜歡亞洲，或者說，他喜歡亞洲女孩。一開始，瑞米和他聊得來，二人都愛唱歌，彈吉他，有許多可以聊的人生題目。在認識第一天，二人才喝了一杯紅酒，明樹便告訴他，他來台灣不到一年，已經和二百名台灣女孩上過床，幾乎每天都有不同的女孩可供選擇，瑞米不相信，但他把手機裡的女孩照片給瑞米看，瑞米懷疑明樹怎麼會有這麼多時間，「時間擠一擠，像牙膏一樣，不就有了？」明樹並不是帥哥，但確實也有種魅力，瑞米尊重他的生活選擇。

瑞米在台北租了房子，全心投入了餐館的工作，明樹告訴他，「菜單是老闆延續旗艦店的選擇，酒也由旗艦店供應。」他個人的打算是先在台灣待個二三年，然後每二年換個亞洲城市，他愛旅行，他也愛女人，目前他很愛台北。

瑞米最重要的工作內容是為明樹的餐點裝飾，而且「越華麗越好」，明樹也承認，因為一上菜，台灣顧客便是先拍照，因為他「這方面學得不多」，因此希望和瑞米共同努力。

瑞米也不精通，但他馬上認同，認真去買了工具書，並且和明樹研發了版本，譬如用不同顏色的醬汁畫圖，用香料草葉和紅黑胡椒點綴，明樹滿欣賞瑞米的創意和貢獻，二人合作無間，瑞米的試用期很快便過了。

明樹在這段時間更忙了，因為店裡來了許多貴婦，明樹周旋其中，有一名貴婦非常富有，剛好也是怨婦，她天天來餐館，每天都招來大批朋友，分明把餐廳當成和明樹約會見面的地點。明樹先是對她非常感興趣，過了一陣子，他又告訴瑞米，「不想天天和她上床，想換換口味，」但這位貴婦不允許，她像買下明樹般的態度令他更吃不消，但餐廳不是他的，他不能阻止這位貴婦上門。

瑞米逐漸發覺，明樹只想性交，不想真的去愛什麼人。甚至，他終於知道，明樹真的有興趣的事情是吸毒，包括LSD海洛因搖頭丸，紅中白板這些中文字他也很熟悉。瑞米的工作量越來越大，因為明樹開始出狀況，貴婦每天上門，使他也不敢出現在餐桌前說菜，瑞米必須代替他出去向顧客問候，但貴婦們對此安排不滿意，甚至向老闆抗議。

明樹的心思不在下廚，轉向設法向巴黎總部申請外調到雅加達或峇里島的烏布，因為他知道有人不想選擇那二個地點，明樹為了躲避貴婦的戰爭，不惜遠離台北，但總部還沒決定，明樹麻醉自己，夜生活更多，吸毒也更多了。

瑞米幾次想約明樹長聊，但明樹只想在夜店碰面，瑞米對夜生活感到無趣，那裡是美酒三杯下肚，男女各取所需，行禮如儀，他不明白明樹為何這麼熱衷，也開始不明白為何明樹那麼受台灣女孩歡迎。瑞米覺得二人無法像當初那樣無所不談了。

餐館廚房的擔子似乎慢慢移到瑞米身上，但已經大半年，他沒有任何學習，除了自己研發的餐點擺飾。有一天，瑞米發現明樹把這些研發當作自己的功勞，向老闆邀功，明樹背叛了他，友誼已不再。

瑞米落入一個低潮，他覺得他的人生必須再度改變。他知道，這其中包括他和一心的關係。

他對一心是一見鍾情，但他從不曾展開追求，不過，他對她有求必應，超過正常程度。譬如自願擔任司機接送她，一心覺得不妥，但他堅持自己反正沒事，「喂，不要那樣看我啦，」一心下車前跟他說，他問她，「我怎麼看妳？」

「你像看著女友那樣看著我，」一心嫣然一笑，便告別了他。他啞然失笑，但他知道他確實喜歡她，他不想放棄。

有一天，一心想去動物園找靈感，瑞米也願意陪她去。

「你覺得自己最像什麼動物？」一心問他，他毫不猶豫，「獅子，」他說，「至少我希望自己像獅子吧。」

他問她，「妳覺得我像什麼呢？」他們走在動物園的小路上，「我覺得你像台灣黑熊，」瑞米被逗樂了，「妳自己又是哪一種動物？」

一心拿出背包裡的保溫杯，「我應該是貓科動物，不是老虎就是小貓，不是軟綿綿的，」她做了鬼臉，「不過，貓科從來不是軟綿綿的。」瑞米想起瑪格麗特的貓兒，那隻貓非常不喜歡他，他也看過那貓在他面前表現嫉妒，故意用爪抓他。一心把保溫杯遞給瑞米，「想喝嗎？」瑞米突然為了她這個動作，深深感動。

和一個人這麼聊得下去，應該很少有吧。

不會啊，如果你順應那人的話題，怎麼都可以聊得下去。

假設那人的話題很無趣，妳也會聊下去。

嗯，我會找有趣的聊下去。

瑞米回台灣後，曾與二個女孩上過床，那是一夜情，他自己那麼定義，他一開始便表明態度，那二個女孩也都同意，他雖覺得經驗不錯，但一點都沒想和她們繼續交往，他知道原因。一個女孩對他的任何話題都有興趣，但他們聊不下去，另一個女孩對任何話題都沒興趣，她只要證明自己有魅力，只要求他對她專心。瑞米不打算再發展關係，所以不再回應那二位女孩的訊息。她們知道他的餐館在哪裡，但她們尊重他。他知道，她們喜歡他，如果他聯絡她們，一定會有回應。或許正是她們的確定讓他對她們失去興趣。而一心從來不曾對他表示任何確定。

「喂，你在想什麼？」一心拉回他的心思，「你會做果凍嗎？」她在他面前表演果凍的樣子，使得瑞米不得不笑了。「會，我當然會，我可以做給妳吃，」他見過的女人也不少了，他告訴她，「但我從來沒見過像妳這樣的人，」她面露嬌態地回應，「當然，因為這世界上只有一個人像我這樣。」

他看得出來，她喜歡他，從她的眼神和身體語言。他給她全部的時間和自由。老天爺讓他上一次錯過了，「這一次不要再錯過吧，」在浴室沖澡時，他給自己塗抹了她送給他的好聞香皂，是玫瑰花味吧，雖然有點娘氣，他不介意，因為那是她的味道，他鼓勵自己，提醒自己。

他買了洋菜，上等的草莓，他在家裡為她做果凍，以及紅酒燉牛肉，因為她在台北的套房很小，無法下廚，他體貼她，將食物分裝在可以冷凍的盒子，方便她食用。他想看到她那又驚訝又感謝的表情。

一心到寶藏巖去上課，他們約在台大校園見面，那時是下午四點，但一心遲到了，而他即將必須去上班，他騎自行車來，食物全放在保溫袋，他先是耐心地等待，但一心遲到太久，他站起來要離開，一心這才匆匆趕到，他立刻把車子停好，發現一心旁邊多了一個男生。

「他是大衛，我們表演班的同學，他知道你很會做菜，想跟你學。」瑞米不想理會那個人，把保溫袋交給一心，「來不及了，我先走。」他頭也不回地離開了他們，飛快地騎車前往餐館工作。

他沒遲到，但明榭遲到了四十五分鐘。瑞米把他當天份內的工作都準備好了，馬鈴薯泥及瑪德蓮蜂蜜檸檬蛋糕，前者毫無技術可言，選好馬鈴薯品種即可，台灣的品種口味全已走味，餐館老闆只在乎價格，無心去選種，所以瑞米用心在奶油的使用。

其實，瑪德蓮蛋糕並不那麼容易。這道甜點非常有名，瑞米也曾好好地拜讀過食譜，瑪格麗特提醒過他，法國文豪普魯斯特對此著墨甚多，這道甜點自十七世紀以來無論貴族或平民都無法抗拒。瑪德蓮入口即融的美味，普魯斯特在那本《追憶似水年華》裡，多次提到瑪德蓮的口感和香氣，譬如他以瑪德蓮蘸茶的那一幕，瑞米字字句句以法文在他的筆記上記下來：

一整天的陰沉，想到明天一定一樣會低氣壓，實在提不起勁，我呆呆地舀起一匙剛才經過瑪德蓮的熱茶到唇邊。溫熱且摻著蛋糕的茶水一沾上我的上顎，我不禁渾身一顫，停下動作，專心感受那一刻體內發生的絕妙變化。一種難以言喻的快感貫穿我的感官……

瑞米有閱讀障礙，但這一本是基本法國餐點料理書外，極少數他努力讀的法文書，但他「其實不明白文學家的嘮叨」，他曾告訴瑪格麗特，「就當做法文的學習吧，」她回答他，因此他讀到普魯斯特的法式生活和家常，明白巴黎人的內心思維。

他給了一心一盒他做的瑪德蓮，同時告訴她這些事。「普魯斯特也喜歡這個餐點，太酷了。」一心急忙打開盒子，「我現在就想吃一口，」她嚐了一口，她激動地說不出話來，後來她說了一句，「這實在太像你了。」

明榭不但遲到，經常反應過於遲緩，情緒又過於高亢，在餐點三番二次出錯，被客人質疑後，瑞米知道他違反了他們二人的約定，他在工作前吸了毒。

瑞米和明榭做了最後一次深談，那一夜，明榭仍醉生夢死，不承認自己的生活有什麼偏差，他說，他要好好工作賺錢，好讓他可以在五十歲後就去住寮國天天吸鴉片。那才是人生啊，他說，在他居住的東區公寓，他拿出一包粉末，「要不要試一下，這是我用過最好品質的貨了，」他說完，便把粉末撒在桌上，並用一張紙鈔分列排好，用力吸著粉末。

瑞米就在此刻想起他的父親，似乎明白他父親對他的擔心，他站了起來，告別明樹。

他看過別人吸毒，就算在獄中，也有人有辦法拿到毒品，只是，瑞米感覺明樹心只放在毒品上，他總是說著吸毒的美妙，毒品讓他了解明白人生，瑞米不想和他辯駁下去。他覺得如果明樹出問題，他自己的過去勢必被提出質疑。他苦惱了一陣子，也放空了一陣子，和幾個新認識的朋友聊天，也到處去各大名餐館用餐，在筆記本上做下評論和心得。

那一天，他很幸運地提前離開明樹家。在隨後明樹的轟趴上，一個女孩用毒過多，昏迷不醒，被急救送醫，隨行的人包括明樹全被帶回警局偵訊。

因一心在表演課表現很亮眼，老師注意到她，他正在導的一齣舞台劇中的女主角車禍受傷必須換角，老師把角色給了一心，因此她必須緊急開始排練，有時她甚至已讀不回瑞米，再也沒回音。

瑞米找上那位也想學廚藝的大衛，他正在花錢上廚師培訓課，他非常樂意和瑞米見面，和瑞米說話時神情非常激動，「你是我的男神，」他才開口一句，便立刻被瑞米阻止，「請不要提這麼無聊的字眼。」

大衛剛畢業不久，家道中落，父親患病，無法再從事任何工作，家裡又需要更多家用費，他觀察了很久，想從事廚師行業。他交友廣闊，因為長相還不錯，被拉去上表演課，原想或許可以當演員賺點家用，但這一行實在不容易，他還是想踏實地學習廚藝，「我不適合走演藝事業，因為個性實在放不開，我太在乎別人對我的看法。」他認為，真正的好演員，完全不會在乎別人怎麼看自己。

他羞赧的說，所以，他報名了廚師培訓課，繳了五萬元，但到目前為止，學的都是理論基礎，因為培訓課的人多，大家都想拿文憑，一起坐在教室裡，看著前方的鏡子反射，知道怎麼備料，老師怎麼炒煮，但是很少有機會親自動手，「覺得自己學得越多，越沒信心，」他也曾去應徵廚房的工作，想從廚房打雜開始，大衛說，「既然都要去打雜，不如找尋一位名廚，好好學習，」他常聽一心說起瑞米，「我知道你很厲害。」

原來大衛真的有心走廚藝，瑞米苦笑了，「我不厲害，」他真心這麼覺得，「我只是對下廚有興趣，」二人相談甚歡，甚至幽默也有點類似，瑞米向大衛打聽一心的事，而大衛非常喜歡聽瑞米講一些下廚經驗談，「那你下一步想怎麼辦？」他問瑞米。

「我要開一家餐館，」瑞米已經考慮了一陣子。「太好了，我可以參一腳嗎？」大衛誠摯地看著他，他和一心去過瑞米工作的法國餐館，知道他們吃的聖雅客扇貝和燉煮羊膝是瑞米做的，他心悅誠服地一直想追隨他。

「你不怕我是一個有過往的人？」瑞米問他，到那時為止，他只是想把大衛當朋友，藉由他和一心多親近些，他知道大衛和一心很熟稔，「不怕，一心沒告訴你，我曾經在國中時上放牛班，綽號叫小混混？」

他們見面幾次後，一起去看了一心演出的歌舞劇《西貢小姐》，瑞米送上鮮花，他知道一心演唱俱佳，但導演排劇手法實在不令人恭維。

一心正為莊未出席而有點煩惱，她看到瑞米到後台獻花，便開心地要他和大衛等候她卸妝，然後和劇團一起去酒吧慶功，同行還有導演和其他演員，但一心只和瑞米及大衛坐在一起。

就在那一晚，瑞米告訴一心他的計畫，他還沒說完，一心便插話，「這是為什麼我會介紹大衛給你，他一定可以當你的助手。」但新餐館資金還不足，瑞米與父親關係惡劣，他一點都不想從父親那裡得到資助，但他會再想辦法。

三個人聊得很起勁，到半夜二點，瑞米才送一心回她的住處，她跟他道晚安，並說，「那就這樣囉，開吧，你做了決定了。」瑞米向她點了頭。

到那天晚上，他都不知道一心的內心裡還有個莊，他以為一心是單身一個人，因為她一個人住，一個人活動，甚至一個人決定自己的生活，他覺得她是一個獨立、開朗的女孩，他喜歡這樣個性的女孩。

那個晚上，他決定要設法籌錢開家餐館，還有，他立志要追到像一心這樣的女孩，那個在塞納河畔，笑容甜美、頭髮飛揚、歌聲動人的女孩。

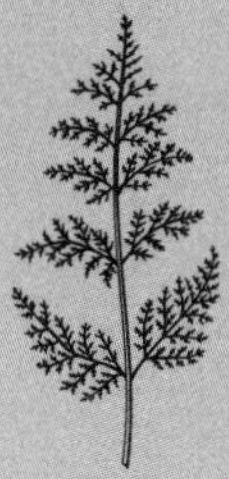

第十六章——

莊告訴一心：他關心她，但他也關心此刻的大自然。

莊每天忙著論文，有時候都忘了刮鬍子或洗澡。他越來越少到蘇師傅那裡幫忙了，他在教授的吩咐下打算學期末交出論文。

這一陣子，他很少看到一心。因為自從一心從歐洲回來後，她計劃專心往歌唱事業發展，她很少回到蘇師傅自己的父親那裡。

一心在歐洲時，莊的母親和外婆串通好為他相親，安排了一位中學國文女老師到家裡，那女孩出身中醫世家，會一點中醫，上門為莊的母親把脈，「小莊你出來一下，」莊的母親在他臥室門口敲門，她敲了好幾次，國中老師正要告辭，莊終於開了門，因為他要到廚房取飲料。

他在客廳坐了下來，「李老師會把脈，你要不要給她看一下？」莊的母親鼓勵他，而女老師的臉卻紅了，「我不是中醫師，我只是跟爸爸學了一點。」

「不必，我不信中醫這一套，」莊說話的語調不算客氣，他也不討厭這位女老師，她算得上清秀，他突然有點同情她，她應該是上了自己母親和外婆的當，看得出來，她並不是來相親，沒想到會遇見莊，「我得走了，抱歉，真的抱歉，」她站了起來，「等一下，我陪妳出去，」莊不想讓她難堪。

「我要到 Seven 買飲料，」他披上夾克，陪了她走出去，送她到公車站，「對不起，我媽自作主張為我相親，」他看著女孩，問她，「妳不是因為相親才來的？」女孩對莊的直言直語很欣賞，「不是，我也是被我媽設計的，她騙我過來替你媽把脈，」女孩的媽是莊母親的朋友，二人相視而笑，「我從來沒想到要結婚。」女孩坦承，莊很好奇地問她，「為什麼沒想到？」他想知道像這樣優秀的女孩為何不想結婚。

「因為到目前為止我交往過五個男生，全部都是渣男，」她苦笑地細數這五個男性，不是已婚，便是劈腿，要不然就想在她身上動錢的腦筋，要她把積蓄拿出來做生意。

「這世界渣男就這麼多嗎？我得想想自己是不是了，」莊和她站在公車站談了許久，她在等的公車過了好幾班了，女孩最後上了車，她告訴莊，「你和渣男一點關係都沒有，你是我看過最誠實的男生。」

莊記得這席話，之後再也沒見過這個女孩，那天他回家後，他媽很關心二人是否有什麼發展，「不可能，我們二人太像了，只適合當朋友。」這是莊給媽媽的答覆，他真的這麼認為，便關上門，繼續寫他的論文。

他和這位國中女老師成為朋友，有時候會和她傳訊息，他知道他對國中女老師並不是愛情，她也一樣，因為他們聊天的內容和一心不一樣，而且，他已經好一陣子沒和一心傳訊息了。

就在他論文即將完成的那一個月，他收到一封來自日本的信函，他急忙拆開閱讀，是晴子父親的來函，信來自醫院，可能是別人代筆，信的內容大意是他很抱歉，他一直無法回覆莊的來函，因為他患了帕金森氏症，已住院很久，希望莊自己保重，一切都好，他很遺憾，他仍然沒有晴子的下落。

來自福島的信讓莊很震撼，原來晴子的父親生病了，他給他寫過幾封信函，一直都沒有回應，他從來沒關心過他，只是想得到晴子的下落，原來老人身體健康已惡化了。

他的直覺便是老人在長期暴露在輻射度過高的家園，所以才病了，但他不知道病情，他給醫院打電話，好不容易找到醫院，但有人在電話那一頭說，「佐藤先生？他上週已過世了。」

一切枉然，莊感傷起來，晴子已成為生命裡的回憶和傷痛，他雖然逐漸離開陰影，迎接陽光，時間果然是治療師，他的傷痛已經逐漸癒合，只是，偶爾他也有面對空氣說話的時候，他會喃喃自語地說出這樣的話，「晴子，妳在哪裡？」

握著日本來函，他一個人在房間裡想了很久。他聽到晴子在對他回答，「莊桑，不要失望唷，我過得很好。」他很想再問下去，「晴子，妳在哪個空間？」但是再也沒有得到回答。

他交出了論文，題目為〈蜜蜂與台灣的山林環境保護〉，教授們給了高分，他們中有人期許他應該投入環境保護行動，有人建議他多寫一些文章，讓更多人知道台灣環境問題。

他成立了部落格，刊登論文內一些和環境保護有關的文章，他也討論了反核、廢核以及以核養綠的問題，他的論點客觀中立，陳述他知道的事實和數據，乃至於不同政治立場的人都對他有所挑戰，他也一一答覆那些論戰。論戰最重要的重點是國土計畫，也就是政府的土地規劃政策。

關於生態環境，他心裡有個大計畫，有個理想國，有個烏托邦，在那裡，他也許會讓晴子開心，他有時這麼想，也只能這麼想。

他回到蘇師傅那裡繼續幫忙，因為他的夢想，還有，在晴子之後，他唯一認真的對象就是一心，他覺得自己應該給一心一次機會，看看二人是否可以走上共同的道路。蘇師傅非常開心地和他酒聚，他給莊倒酒，他們喝了不少，酒後，蘇師傅告訴他，「我要把我的蜂群帶往宜蘭，那裡有人有塊山林要賣給我。」

那塊近兩公頃的山林，看照片便讓莊生疑，「到處都是老樹，是農地嗎？」蘇師傅約他一起前往查看，莊答應了。

他們爬了一陣子山坡路，蘇師傅說，「小時候我曾和父母住過這附近，每每甘蔗收成之後便會燒山，」蘇師傅說，他很著迷那些煙霧瀰漫後，一切沉澱下來的寂靜，但現在沒人要種甘蔗了，他懷念小時候啃甘蔗的日子，現今環境都改變了，而且人心變得很殘酷。

莊內心有個想法，他沒告訴師傅，他想改建山林，他願意和師傅合作養蜂園，但除了養蜂，他也想在附近彷彿像礦坑的地方種樹，種多少他不能肯定，但他每天會盡力做。

他想改變生態環境，用自己的力量，在晴子父親過世後，他只立下這個心願，愛護這個地方就在他腳下的地方，自己的島。

蘇師傅買下山地，也搬了家，在山地一棟農舍住了下來，他給了莊一間房間。蘇師傅不但想在山坡上蓋養蜂場，進行養蜂教學，讓更多人知道蜜蜂跟大自然的關係，他知道他需要莊這樣的高材生。

莊經常種樹，他相信種樹這件事可以改善環境，他沒算過他從福島回來至今總共種了多少棵樹，他默默地種，有空便觀察他種的樹到底成長了沒有。

他的部落格除了講述蜜蜂的故事，並且鼓勵大家種樹。他認為在城市種樹，可以消滅噪音，在山坡地種樹，可以防風固沙增加土壤著水能力，攔住雨水及補充地下水，並且營造野生動物的生活空間，減少霾害，減低極端氣候及地球暖化現象，對此，他都深信不疑，他有著類似宗教奉獻的精神。

他常住在師傅的農舍，開始期待一心認同他，和他一起搬來山上，但一心卻遲遲未這麼做，她的事情多半都在城裡，目前只能偶爾到山上來探望他和她的蜜蜂爸爸。

莊搬到山上後，才發現山林已成為垃圾場，滿坑滿谷的廢棄家電、破舊的家具，很多人把不要的物品載到這裡丟棄。他大大地嘆了氣，也升起絕望之感，他獨自面對這一切，常找不到一心。

蘇師傅了解他，但他年紀漸大，體力不足，只能稍微幫忙，把卡車借給他，莊背負重大垃圾，有時還在陡坡上行走，他白天大量工作，先清除垃圾，之後才開始除草，協助師傅的養蜂工作，也陪著師傅喝點小酒，清洗衣物。

少數閒暇，他讀梭羅的《湖濱散記》也讀《懺悔錄》，在孤寂的時刻，他揮筆成文，把文章和他拍的照片放在自己的部落格。

蘇師傅佩服莊的才學和想法，也很看重他的行為能力，他似乎已經把他當成自己未來的女婿，人前人後都對待莊像自己的兒子，為了讓女兒常上山，他買了一輛車，目前供女兒使用，也好讓她常常回山上來。

一心似乎默默接受了父親的安排，未來有可能和莊結婚，因為她看到莊如何為她的父親以及台灣生態環境無私地付出，她越來越尊敬莊。

但她並不想放棄自己的音樂夢。她只能在閒餘之暇和莊一起清除垃圾、雜草，她雖覺得這些是必要的好事，但她更想為自己的音樂事業做點努力。

莊同意他，他喜歡一心正是因為她聰明、獨立並且有才華，他不是女性主義者，但他明白每個女性都先應該做自己，他雖同意，但心裡有某種惋惜，彷彿一心不了解他，「不不不，我非常了解，」一心大大地否認，並且主動親吻他。

她的柔情化解了他的不安和孤寂，「我不覺得我們走在不同的道路上，」一心篤定地說，「我只是想在成家之前，好好地唱出自己。」

雙重的否定便是肯定。莊拿一心沒輒，他看著她和她父親一樣把菸盒拿出來，點燃了一根菸，忍不住地問她，「妳知道我在收拾山坡垃圾時最常撿到的東西是什麼？」一心長長地吐了一口煙，斜眼看他，「寶特瓶吧？」

「菸蒂！」莊想勸導她不要再吸菸的語氣，使一心立刻搖搖頭，拿出背包裡的自備菸蒂盒，非常好看的貝殼形狀的銀盒，她沒告訴莊的是，那是瑞米送她的禮物。

「我最不解的是這件事，」莊換了話題，要一心跟他走一段路，那是一整排的山坡路，堆砌著一架又一架的老式電視機，無以數計的電視牆，啞然無聲，彷彿在抗議人類的文明。

「哇，」一心吐吐舌頭，「這簡直是現代啟示錄。」

他們回到農舍，二人無事，一心拿出吉他，唱了幾首她正在練唱中的歌曲，莊為他錄影，並上傳到她的臉書，他拿給她看，「不要吧，刪除，唱得很爛，」一心說，她的經紀人告訴她，不能隨便上傳照片和影片，都要小心，要為未來做準備。莊感到自討沒趣，他不認識這個經紀人，但一心竟然會認為那人的想法比他的重要。

那晚，他刪了這段影片，不再和一心交談。一心知道他不悅，第二天一早便離開山林，開車返回台北。

他覺得一心動向不明，不知道她自己在做什麼。他目前只關心眼下的事情，他埋葬了過去，把對晴子的愛轉移到對自己腳下的土地，他想恢復山林。他知道他是癡人說夢，但這是他的理想。

他請教了生態專家，有人主張人工造林，有人主張讓山林自然修復，他覺得都有道理，因為大自然的天然自我療癒機制非常令人震撼。

也有人告訴莊，樹不能亂種，一些樹種適應力不佳，極可能危害本土自然生態，種樹雖然是美德，但不能是大自然反撲現象，在造林之前，應該至少讓山林處於無林狀態，而非只是種樹。

莊和蘇師傅討論要不要在山坡地上蓋蜜蜂博物館，一心加入這個議題，三人爭得面紅耳赤，最後一心選擇和莊站在同一陣線，他們在附近的原始森林撿拾一些如青剛櫟、台灣楓香、台灣櫸木、大葉楠、黃蓮木、無患子的原生樹種，在清除垃圾後才植入土內，他們推翻了蘇師傅牧場的想法，認為應該積極行動，博物館並不重要。

好幾次，一心返家和莊工作之後，就必須往返回台北開會，經紀人對她有很多安排，也開始希望她進行小型演唱會，莊看她毫無怨言，有時還為他和師傅下廚，準備茶水。上次吵架後，他轉了念，又接受了一心。

她仍然有她的歌唱理想，正像他有他的理想，她不在時，莊有點失落，蜜蜂師傅邀他一起飲酒，他們繼續釀蜜，師傅最近抓到一隻虎頭蜂，幾乎有一個手掌般的大小，他們正設法要做成一個標本。

自從師傅將蜂群帶到山上來後，有一大群蜜蜂又消失了，莊和師傅在山區附近查看農園，他們苦口婆心勸導一些人不要再使用殺蟲劑，改種有機蔬果，「怎麼可能？你們自己來種種看，成本算一下，」講話的人振振有詞，他們完全不在乎蜜蜂，「這不關我的事，農委會來跟我說也沒用。」莊知道那些人家賺辛苦錢，他原本想做一點生態教育，沒想到他們驅逐他們，不要他再講下去。

蘇師傅終於在一次酒後吐了真言，他借貸買了這塊山坡地，是希望妻子能回來經營有機農場，他也想買三匹馬送給她，那曾經是一心母親最大的願望，「但最近蜜蜂收成不好，貸款怕付不下去。」

莊知道蜜蜂逐漸消失中，他們的收成比以往少了一半。他默默地陪著師傅喝著酒。這時，師傅舉起酒杯，對莊說，「來，我也盼望早日抱孫。」莊嚇了一大跳，蘇師傅不但已經將他視為女婿，而且還有了時間表。

他曾想過，如果按照師傅的想法，那他算招贅入門？他還沒告訴自己的母親，他媽媽只知道他已經有個女朋友，也看過一心，她還不知道，莊的生活已經和蘇家產生這麼大的連結。

那一晚，莊躺在床上睡不著，但他也沒起身打電動遊戲，他問他自己：他真的要當師傅的女婿嗎？

在晴子之後，他不曾對女生動過情，除了一心，但一心和晴子個性太不同了，他也很喜歡一心，但內心卻有個聲音告訴他，他們二人個性不同，不一定適合結婚。但一心總是能抓住他的心，她身上有股魔力，而且她能不費力便猜出他的情緒，她知道他的心情。他的心情有點像女性，月圓時很激動，月缺時又有種空虛，而她的情緒更像風，有時吹過來，有時又吹過去，在面對重大決定時，她會突如其來，幾乎像閃電，讓他措手不及，有時，給他很大的驚喜，有時，給他很大的失望。

這也是愛吧，他想，因為他容忍她大部分的缺點。

他決定下次回家要好好和父母談談，他們一定不敢相信，他要結婚了。

第十七章——一心告訴莊：我只有在唱歌時才覺得像我自己。

一心和她在歐洲旅途遇見的朋友保持聯絡，包括亨利，她為亨利感到開心，因為他終於遇見了一位天使，對方是一個看起來非常溫柔的亞洲女性，聽亨利說，那人還是泰國富豪之女，一心鼓勵亨利好好把握，雖然她根本不認識那位女孩，她自己說得都有點心虛。她也察覺，雖然她對他沒有男女之情，但當他把心全給別人，對她不再那麼上心時，她有了一種說不上的感覺，一絲嫉妒吧，但自己立刻覺得可笑。

她和阿麗絲談得最多，她們談星座、談男人、談人生思想，最近，阿麗絲和她談了許多政治。

原來曾經與台灣有過邦交的馬其頓，因希臘不同意而改國名為北馬其頓，現在要加入歐盟，而不只阿麗絲，許多保加利亞人都反對北馬其頓政府的作為，也不喜歡北馬其頓人。阿麗絲說，北馬其頓的問題是，他們所說的官方語言根本是保加利亞的方言，而她也認為，北馬其頓人大部分的祖先都來自保加利亞，根本沒有馬其頓這樣的民族。馬其頓與希臘的關係雖複雜，但與保加利亞的瓜葛更是千絲萬縷理不清。

原來這地球上還有這麼多的民族主義和紛爭，一心大致明白了阿麗絲在表達什麼，但她更想知道阿麗絲媽媽可好，她的水晶球又在說著什麼？

一心最想聯絡的人是澤哈瑞娃，她知道她還在辦歌唱療癒班，一心很想把自己的錄音上傳給她，但她不敢造次，因為老師說過，不要隨便唱唱便上傳給她，要求她給意見。她向老師問好，老師要她到山谷去唱歌，這一招她用上了，每每和莊去走山時，她會一個人站在無人處練歌，莊也習慣了，他說他喜歡一邊工作一邊聽到有人唱歌，只是一心唱久了，並不覺得自己有什麼進步。

莊把溫水壺的水倒了一杯給她，並說了一句，「與其等待美好時刻降臨，不如將此時此刻活得美好，」唱完歌的一心睥睨著他，隨後輕聲笑了，「嗯嗯，好吧，現在是美好的時刻。」他們坐在樹林下喝水，聽到鳥群對叫，似乎像鳥之間的對話。

她的經紀人小林打算為一心開拓歌唱最專業的事業，他要求一心配合，他深信一個歌手必須具備演員般的聲音技巧，把運動和表演融為一體，這是為什麼不但要上表演課，更要努力上聲樂課。

一心習慣自己的唱歌方式，「不要覺得自己不能唱高音，」但他說，聲音就像肌肉，「妳必須常常練習，」他要她用狼牙棒和花生球放鬆肌肉，每天練習吐舌頭，還加上印度瑜伽的舌頭練習，「控制妳的下巴、軟顎，」這樣才能練習高音。

他請來另一個聲樂老師，義大利回來的花腔女高音，教她腹式呼吸，一心唱歌時從來不特別注意自己的呼吸，「妳得注意，」花腔女高音在義大利拜師時每天練三到五小時，「吊嗓子，妳知道嗎？」她告訴一心，學習唱歌沒有別的方法，只有一個字：練！

這個聲樂老師倒是對一心有所啟發，她說，妳會唱歌，只要妳開口唱，大家都會知道，但「什麼叫唱得好聽」，那是情感表達的問題。她要一心去冥想她寫歌詞時心裡的感受，並且試著表達那感受，光喜怒哀樂四種情緒裡又有分好多細節，哀怨裡有嫉妒嗎？喜樂裡有盼望嗎？她指出好多情緒的表達，並且告訴一心三大重點，一是音必須唱準，二是必須唱在節拍上，第三是找出適合自己的音域。

她們上了幾堂課後，她告訴一心，她不認為一心應該往高音唱法發展。她讓一心知道，原來她追求高音卻忘了自己。一心又陷入原來的煩惱。

究竟什麼叫傾聽自己？怎麼練習傾聽？怎麼信任自己的耳朵？她迷失了，關於節拍，她從前擅長的便是抓到拍子，後來她注意別的事。她從前知道高音不是自己的路，但從老師的教導中又知道要拓展音域，學習真假音的變化。

小林確實想好好經紀她，又為她找來了歌劇名師，那人在自己家裡的地下室便有個練習室，老師和她上一對一的課程，他絕對是個好老師，不停地灌輸她所有的理論，藝術便是大自然的模仿，聲樂也一樣，歌者要學會如何運用身體表達和模仿，他要她站成一棵大樹，他說：多喝水，站直，伸展身體，欣賞自己的自然美，記住自己的根，外在力量無法撼動妳。

他又要一心模仿各種動物的聲音，包括刺蝟、長頸鹿，他說，「膽小如鼠」，「銳利的目光如鷹眼」，這些形容都是人類心理的投射，他告訴一心，傑西．諾曼是他最愛的女高音，她其實肥胖，但他每每聽她唱〈茶花女〉，臨終的那一段，他都「聽」到一個瘦骨如柴的女子。因為她透過聲音想像傳達。

他要一心想像微風和颱風，要她演唱沸騰中的白開水、水滴和洪流。在一心的歌唱中，老師告訴她，「放開妳自己，融入洪流之中，流動、流動再流動，洪流！」

還有，「妳得取個英文藝名，」小林的經紀公司總共三位同事，他們在小林家的工作室聊很多藝人生涯規劃，三票通過 LoLa 這個名字，「為什麼一定要英文？不能就叫妳的原名蘇一心？」莊開車送她去開會時也會給點意見，「他們不要蘇，說蘇聽起來像輸，」莊皺起眉頭，「蘇和輸二字發音差很多，而且 Lola 聽起來有點像搞色情的網紅。」一心眼睛瞪得很大，「色情網紅，你怎麼知道，你常常收看這些？」她一下子便認定這有可能，莊一手握著方向盤一手調整著後視鏡，「我興趣不大，如果女主角不是妳。」一心擰了他的手臂，很用力，「那男主角是別人無所謂？」她開玩笑地說。「當然不行，妳自己都不行了，還要問我嗎？」莊看都不看她一眼。

經紀公司要錄專輯，這是很難得的事，他們只挑了三位歌手，她是其中之一，接下來不但要錄音還要錄影，上傳 Instagram 和 Facebook 以及 YouTube，但要盡快決定藝名了。

「Lola？」莊喃喃唸著，「妳覺得這個名字像妳嗎？」一心安靜地想了很久，山區的風景在她面前遠去，她應該聽從身邊這位愛她的人嗎？還是那些在頂樓陽台一起抽菸的圈內人士？「有部《蘿拉快跑》的電影酷斃了，那女孩就叫 Lola，」他們覺得這個名字琅琅上口，而且一心是走文青路線，取英文藝名才符合文青風格。

莊不完全認同小林，尤其是他們要她也唱饒舌，或把她作曲的曲風 Mix 成輕搖滾的調調，他感到不解，因為他們總是告訴她，「妳不能以一把木吉他走遍天下，我們離上世紀的民歌時代很遠了。」他覺得，她不斷被這些人洗腦。

莊一直認為，她就是那個曾經在他面前以木吉他唱民歌的好歌手，她一定能以一把木吉他走遍天下。雖則如此，他更希望她不要走遍天下，而是和他在一起。

她陷入兩難，但不想和任何人討論她的未來，包括莊，因為一陣子以來，他對她的未來早已有成見。她不太會表達自己的情感，但非常會隱藏自己的情緒，她熱情、衝動，但也陰鬱、有罪惡感，她知道她不必把自己的負面情緒表現出來，她裝作沒事。

「我沒事，」她常常對大家這麼說，說完就取出菸盒。

她把心思放在媽媽的精油和蔬果，為她大老遠去補貨，她也擔心牧師的三高，押著他去醫院看醫生，她更擔心著蜂蜜老爸借貸買地，也很想為他分擔。一些時候，她也覺得，或許不如留在山上和莊一起打拚，完成蜜蜂老爸的心願，或許也就是莊的心願。她是矛盾的，如果媽媽離開校長，回到蜜蜂老爸的山林務農，那校長一個人怎麼辦？她看著母親的眼神，她知道那眼神的意思。

而她，而她只是想做一件自己會做的事情而已，唱歌，就這麼一件簡單的事，但卻這麼難。她是不是該告訴瑞米，不要再對她寄予厚望了。她不能再和他曖昧下去了。

從歐洲回來之後，她上了好多課，也得到好多教訓，她逐漸覺得，不是唱歌困難，而是整個社會制度對她很困難。或許大衛說的對，他們真的不再是WE時代的人，而是ME時代的人了，太多事都得靠自己，而不是別人。

那些沒事哼唱兩句，或者在浴室洗澡時高歌兩曲，或者在KTV和人高聲齊唱的人有福了，一心曾經也是其中之一，但要做為職業，她不確定是否自己才華足夠，運氣如何。

她還記得自己如何走在法國南方的菩提樹道中間，大聲唱歌的那個情景。她想起精通精油治療的醫生，一心去了醫院掛了號，做了門診。醫師認識她，她要一心到她自己的診所，那裡她們會有時間好好地聊。

她去了。女醫師的診所好特別，尤其是她應診室裡有一整排的小箱子，每一個箱子上都排了精油，分門別類，簡直像個精油的展示館。

女醫師的方法也像抓週，她拿出儀器，先測量了一心的血壓、脈跳，女醫師挑選了幾種讓一心嗅聞的精油，大部分都讓一心感覺良好，她能馬上形容那些氣味給她的感受，唯獨只有一瓶讓她詫異、排斥，接著她便痛哭流涕了。

那一瓶是艾草。那氣味她一直很排斥，小時和媽媽到校長家後，她愛上夜來香和茉莉花、梔子花花香，那時山上空氣清新，校長也愛種花，她記得的氣味便是花香。

但她看過媽媽一個人在房間裡難過的情景，那時，她不敢走近她，搬到山上一年後，有一天，媽媽帶她回蜜蜂老爸家裡，蜜蜂老爸一直無法接受妻女離開的事實，再加上那時認識一個酒友，那位酒友介紹他一位懂術數的人，蜜蜂爸爸那時很絕望吧，他讓那人為他算命以及看風水。那人要他經常燒艾燻屋。

一心回到蜜蜂父親那裡的日子裡充滿了艾草的味道，可能年少不經事，她沒看出爸爸的絕望和努力，爸爸想挽回媽媽的心，那時她極度厭惡家裡的氣味，現在在治療過程中，她才發現那味道令她痛苦為難，這味道原來是艾草。

雖然跟著媽媽，她的生活和別的同學迥然不同，和鄰居的相處也有點奇怪，現在艾草的味道讓她不但感受蜜蜂父親當時的無助，也意識到自己其實也是無助的。

她不知道要站在哪一邊，哪一個父親，哪一個家，就在現在，她仍然有那種感覺，她到底是誰？她應該和莊結婚嗎，放棄歌唱事業？

芳香治療師和一心聊了許多，一心同意了每週一次的心理諮詢，她完全沒想到，艾草的氣味會引發她內心的陰暗和恐慌。

「究竟是什麼難以決定？」似乎所有的事都綁在一起，打了結。「會不會因為還有個瑞米？」治療師詢問起這個問題。一心想了一會，「啊，」她嘆了口氣，注視著醫師，她有點驚訝，也有點被拆穿祕密的感覺，「您怎麼知道？您說的好像很確定？」她被這個問題深深觸動了，既期待醫師回答她，又擔心聽到什麼可怕的事。

醫師只是單純地看著她，沒再說話。一心也沉默了一會，然後她流淚了，「我不想和我媽一樣，我想，小時候曾被鄰居小朋友嘲笑，曾經因為自己的家庭生活感到自卑。」她以為自己早已經把這些不愉快的過往都忘了，原來並沒有，只是塵封在心裡最底層，而艾草的氣味卻引發了這些記憶。

「我的工作不是為妳決定，而是想幫助妳，讓妳自己做下決定。」芳香治療師應該是正統的心理醫師，「如果現在那個兒時的妳在妳旁邊，妳會對那個兒時的妳說什麼？」她的語調很平靜，一心想了很久，「我會叫她好好唱歌。」

「嗯，妳會告訴她要好好唱歌。」醫師在她的病歷筆記上快速地寫著，她們的芳香治療結束時，醫師為她調配了屬於她的另一組精油，不只玫瑰，也多了快樂鼠尾草，「就唱自己喜歡的歌吧，不管是什麼歌。」她還拿出一小瓶墨魚汁的小小顆粒，要她含著，那些顆粒可以對抗她身體的發炎。

一心答應了小型演唱會，經紀人建議的饒舌曲風她也接受了，但露太多的性感服裝她拒絕，「我的身材並不好，何必自曝其短呢？」她自嘲地說，堅持她的黑色中性風格。她捧著小林請來的服裝設計給她的馬甲裝，「我們拍照可以，但上場演唱就真的沒辦法，我會怯場，唱不出來。」

「妳都不相信我，」小林最近心情不好時，曾經這麼對她抱怨。他們辦了試唱會，試唱會人數雖不多，現場氣氛非常好，一心感覺她和觀眾的互動非常親切，美好，像和風徐徐，她自己完全融入那交流之中。

小林漸漸不再對她那麼強勢，他畢竟是個商人，他估計演唱會的票源可以維持支出，他改變對一心的策略，不必唱高音，只要彈好鋼琴，他找來不同的服裝設計和髮型造型，一心也逐漸可以接受不要再穿黑色服裝這件事了。

他替一心規劃參加《我是歌手》的比賽，他和節目策劃人多次視訊溝通，他告訴一心，對方在聽了一心的 Demo 後，確定可以讓她進前三名，「既然已經確定了，還叫比賽嗎？」莊這麼問她，不希望她為了這個比賽沒日沒夜地準備，還要出國，「而且只是前三名而已，我覺得妳應該第一名。」一心為此和莊吵了架，「你就是希望我不要參加，不要走這行，為什麼不直說？」莊沉默了。

他知道她有意參加，但他不能再說什麼了，如果誠實以對，他覺得是不歸路。一心忐忑又興奮，這是她成名的機會，公司的人在陽台上吹風，他們全部精力都放在她身上，「機會來了，」小林找了選課老師和演唱教練，他告訴一心，「我已經投資這麼多了，這一次就聽我了。」他發出真誠的笑容，不得不令一心點頭。

她的時間全被小林排得滿滿的，連回山上的空檔也沒有了，莊曾經在他們二人的網上對話上丟了一個問號，她也只能回答一個哭泣的臉。她告訴莊，讓她好好地參加比賽吧，就這麼一次，「就這麼一次，」她拜託莊，他沒再打擊她，但也從來沒鼓舞她，他只說，

「那妳就好好努力，我支持妳，」他的聲音裡沒有一絲虛偽，他也比以前更照顧她的父親，為他處理欠錢的糾紛。

一心的父親因為買地借了許多錢，但蜂蜜的收入減少，莊凡事幫忙，從來沒再領過薪水，反而令蜜蜂師傅好生愧疚。

他的酒喝多了，甚至他的酒友也多了，因為欠債，有人替他找到了賺錢之道，「架設太陽能板發電，每個月賺幾十萬，你養蜂種田可以賺幾萬？」蘇師傅心意有點動搖，「我是希望我老婆回來種田。」但山區的另一頭已經有人砍樹種電了，那人到處宣揚綠能的好處，「難道你支持核電？」他們認為綠能是改造未來生態環境最好的可能，而且是政府的計畫，那些人現在都是太陽能板公司最好的代言人。

「你可以遊說你老婆種芥蘭、花椰菜和莧菜，甚至小白菜，」他們賣的是德國原廠的太陽能板，挑高但不怕颱風，花椰菜怕高溫，「太陽能下反而容易養成，汁多味美，」蘇師傅要那些人和莊討論。甚至，他要那些人直接遊說他老婆。

莊支持綠能，他原本的理想是一片綠意的山林，有機畜牧，引入多種台灣原生動物，如山雉和種豬，他和一心的媽媽談過種百里香和迷迭香，她甚至想試試種她喜歡的薰衣草，她從來沒種過，但很想嘗試，也想成立工作室試著提煉精油，那時是和一心一起談的，連一心都覺得媽媽的夢想太過美好了。

也許過於美好，就不美好？蘇師傅的貸款壓力大，莊也替他想辦法，但他去走訪許多「種電的農人」後，他和一心也特別開車到另一山頭，往下觀看，他說，「如果架起一大片太陽能板，這塊山林就像一件美麗的絲綢，補了一片鐵丁，」一心也這麼覺得，她無奈地和莊下了山。

莊告訴蘇師傅，「這麼一來，就不必養蜂了。」在他的理想國裡蜜蜂是重要的一環，但太陽能板不但不能吸引蜜蜂蝴蝶，應該只會讓他們消失得更快，「只要在周圍種植吸引蜜蜂的植物就成了，」蘇師傅幽幽地說，他自己好像也不全然相信，「這只是兩公頃的山坡地，離台電的饋線很遠，」莊對蘇師傅第一次感到失望，師傅似乎對自己的理想動搖了。

一心的生活面臨另一波的變動。小林這才發現彈鋼琴很重要，他們改變了策略，不要一心去參加歌手比賽綜藝節目了，「進前三名也沒什麼了不起，而且勞師動眾，必須出去多次，」他想把一心打造成和 Lady Gaga 一樣能彈能唱的女歌手，畢竟女生又會彈又會唱歌的人真的不多，他覺得這才是王道。

一心在電話上告訴莊公司的新決定，她不必出國了。莊只問她，「妳爸和妳聯絡過了嗎？他一晚沒回來，我留言給他，他沒回。」一心好久沒和蜜蜂老爸聯絡，她這麼說時，莊覺得此刻並不適合和一心討論正事，他掛電話前只問她一句，「妳的日程表上還有我嗎？」他是在消遣她，沒想到她回答，「有耶，明天晚上，我們一起去看八三夭的演唱會好嗎？有貴賓票。」一心問莊，她好久不曾這麼開心了。

「八三夭？」他對台灣流行音樂不熟悉，他只聽古典音樂，他曾經這麼說過，引來蘇師傅的一句，「別以為聽古典音樂就有氣質，」那時，莊知道蘇師傅看出他有某一種文人的優越感，從此，他再也不提這件事，但私底下他還是用耳機聽蕭邦、貝多芬和布拉姆斯，他後來卻發現，蘇師傅在車上開始固定收聽古典音樂電台。

莊出席了演唱會，「哇，你男友也太帥了點，」小林引他進貴賓室休息，便私下告訴一心，「待會，中場休息時我帶妳過去和他們主唱打招呼，妳男友就先不過去，好嗎？」一心沒想到小林這麼安排，「如果有媒體拍到，這是扣分，妳懂嗎？」

在一心的心目中，莊博學多聞，有才華，身高、相貌都高過平常人許多，他符合所有正常女孩追求男友的條件，她以他為榮，但小林工作上的決定，她沒有拒絕的理由。

莊在中場時離開了演唱會，並非他被冷落，而是他再度進場時被人阻擋在外，而他又聯絡不上一心，他給她寫了訊息，但沒有回音，現場氣氛躁動，他卻無動於衷，他的年紀一點都不大，但他可能真的是一心說的「老靈魂」，他只看見一群屁孩興奮地又叫又跳，但他無論如何都興奮不起來，他默默地駕車回到山上，在車上他仍然在聽古典音樂，這一晚，他在聽舒伯特的〈冬之旅〉。

一心在中場時進入八三夭主唱的化妝間，二人合照，只是一心更像粉絲一樣站在他身邊，照片立刻上傳臉書，莊也看到了，他到家後，立刻給了這張照片一個讚。

演唱會結束時，一心沒想到莊離開了現場。她不想和小林同車，也不想回家，她想一個人走路，這時一個訊息進來了，完全打動了她。「應該是餓了吧？」瑞米問她，並且傳了一張他做的刈包，看起來非常可口，彷彿是一道法式大餐。「你在哪裡？」她問他，瑞米又上傳了一張照片，他在忠孝東路上的自拍，「不會吧？」她回頭看，瑞米在路邊對她招手。

「走吧！」瑞米上前擁抱了她。一心身體有點僵硬，她知道瑞米很習慣法式作風，她只是輕輕哈哈一聲，退後了一步，「你怎麼會在這裡？」她不解地問他。

「因為我看到妳的臉書，就飛奔過來了呀！」他不知道的是一心竟然是一個人，「怎麼了，不開心？」二人在忠孝東路上漫步閒聊。他們從忠孝東路一直走到國父紀念館，在館外公園看著皎潔的上弦月，二人聊到半夜。一心很喜歡瑞米帶給她的豬血糕和刈包。

從小聊到大，從生聊到死，聊起過去和未來，一心說，「我想結婚，有個家，」但她已經感覺這和事業發展有衝突，瑞米看著她的眼神讓她覺得奇怪，「你是同情我嗎？」一心問他，「不是，我只是想知道妳的事業心是不是真的那麼重。」瑞米這麼告訴她，一心低頭想了好一會，「事業心重，但想安定下來的念頭也重。」

瑞米停住腳步，「怎麼跟我一模一樣，」一心回憶著他們第一天在巴黎初識，二人一起在塞納河畔唱歌的情境，「但你是男人，你打拚事業是應該的，我是女人，就會被人認為有點不應該。」瑞米斜眼看她，「被人？誰呀？」一心嘆了口氣，「一個姓莊的傢伙，我爸的學徒，一個高級文青，」她坦白相告，這是她第一次向瑞米提到莊這個人，她的神情不由自主地認真起來，但她說，「哎，他也沒這麼說，可能是我自己這麼覺得罷了。」瑞米突然才明白，「他是一個妳生活中很重要的人嗎？」他從來沒問過她。「是啊，他是。」一心這麼回答。

瑞米為了掩飾自己的失望，突然換了話題，「你知道二人相愛時，眼光是看哪裡？」一心想都沒想，「一起看著前方。」瑞米正是直視前方，他那麼做了一陣子，轉頭看一心，「那妳現在怎麼在看我呢？」一心大笑了，「是你先看我的。」她立刻覺得自己說錯話，哈哈大笑起來。

「妳愛他嗎？」瑞米是關心，他的聲音有點像苦笑，一心聽得出來，「我不是很確定。」她看著故做無所謂的瑞米，原想問他為什麼不肯表白？但她問不出這個問題，她覺得這個問題有點不負責任。

「我只能用我的方式，我也不確定那就是愛，我也不確定那就是他所要的愛。」一心真誠地看瑞米一眼，今晚，她覺得瑞米是一個更帥更酷的男孩，至少在穿著和談吐，而且，他有一個非常棒的強項，他的聲音非常好聽，不但說話連唱歌都是。

她不是現在才發現的，她第一眼在巴黎看見他時就發現了，只是當時他藉酒消沉精神有點萎靡不振，其實她從那時便喜歡他，「如果我嫁給莊，你會怎麼樣？」她問他，瑞米直接地回答，「替妳高興，雖然我不知道他是誰，在做什麼，但妳選擇他一定有妳的原因。」

一心有點失望，瑞米沒有任何激烈的情緒反應，完全沒有，甚至她感覺他似乎有一種不在乎，有點頹廢，「聽你這樣說，我反而不能確定了，」她不了解瑞米的心，她從來沒那麼強烈感覺她需要他，「我要是和他結婚，我們還會是朋友嗎？」她自己是不可能的，她知道她必須二選一，她不要自己徘徊在兩條路上，她寧可走錯路，也要選一條。她不要和他只是朋友，她覺得不再適宜了。

「會，我們早就是朋友，為什麼不？」瑞米真心喜歡這個女孩一心。偶爾也會認為自己配不上她，因為他的過往，現在他又這麼認為了，他也坦白告訴她。

「不會，我一點不在乎你的那一段，不過，」一心踢到一個啤酒罐，她拾了起來，拿在手上，尋找周圍是否有垃圾桶，她找不到，瑞米看她到處東張西望，便把空啤酒罐接了過來，用手壓成一片，置入自己的背包，「不過，什麼不過？」他追問一心。

「不過，不過，」一心故作神祕，「那一年，你到底為了哪位女孩做了這樣的事啊？這個我倒是一直很好奇。」

「妳不是好奇，妳是嫉妒吧？哈哈，」瑞米開起玩笑，他苦澀地笑了，在月光下，他又憶起了和江詠雲當時那一夜，但他阻止了自己的思維，一心一直看著他的臉龐。

「那都是過去式了，我怎麼會嫉妒，」一心全心全意想像著那女孩，「她現在在哪裡？她過得好不好？」

瑞米沒再想下去，他拉起一心的手，在一剎那間，一心毫不猶豫地讓他牽著手，他們就沒再說話地走下去，在星空燦爛的夜裡，二人互牽著手。但才那麼一會，一心已經覺得不妥，她停了下來，「我明早要練琴唱歌，有人要過來看，」一心知道已經半夜兩點了，

「我們不能再這樣走下去了。」

「真的嗎？」瑞米開她玩笑，「我知道妳為了保養嗓子，不想熬夜，」他們已經走到他停車的附近，「我送妳回去。」

坐在瑞米的車上，一心感到某種幸福，她希望時間停在此時此刻，但她知道莊可能也在等她，她連訊息都還沒發給他，她不知道再說什麼。那晚，瑞米深情向她道了晚安。一心看著他的車子駛去，才慢慢上樓。她怎麼覺得自己好像更喜歡的是瑞米？他給她全部的自由，他也為她下廚煲湯，他從不要求她什麼。

一心整夜沒睡，她想著該給莊回答什麼訊息，寫下又刪除，只感覺自己是一個情商很低的人，她覺得自己不該再背叛莊了，她下一次要告訴瑞米她選擇的是莊，然後，她在手機裡聽起莊喜歡貝多芬的那首〈Ave Maria〉鋼琴曲，才慢慢睡著。

第十八章——

外婆從小教導瑞米：

栽種有時，收成有時，烹調也有時。

但愛情呢？

瑞米的名字是外公取的，因為從小家裡種稻，希望收成的是瑞米，逐漸地，父親不再想種稻，因為收成微薄，他曾把田地偷偷賣了一大塊去競選縣議員，這件事讓外婆很難過，但瑞米的父親從此從政了。

從小，瑞米和父親的關係並不親，「他是望子成龍，」外婆會這麼說，「所以對你要求高，」但曾經他也聽過瑪格麗特的說法，「他可能不知道怎麼表達他對你的愛吧？」那是誰的錯呢，瑞米不了解父親對自己兒時的懲罰。「你有沒有想過，是不是他的父親也懲罰過他，所以他習慣以這種方式教育他的子女？」瑞米的祖父母都過世了，他無從詢問，但高中畢業那一年發生的事使父親一直不原諒他，二人從此再也沒說過話。

「他是怕地方幫派和大老說他搞特權，」外婆這麼勸他。「所以他對自己的兒子比對別人的兒子更狠？」他並不是和外婆頂嘴，只是那些日子的孤獨和無助感，使他對父親徹底絕望了，他不但不「救」他，並且從來沒來監獄探望過他，當時，外婆每週都來，並且都帶自己烹調的食物，「他真的是為你好，是刻意不要讓媒體做任何報導。」外婆無奈地補充一句。

瑞米決定返鄉開餐館，但沒和任何人討論，除了一心。他也不打算向家人拿錢或借錢，也不能再虧欠外婆，有朝一日，他想賺錢還給外婆更多。他準備辦青年貸款，但擔心自己的前科會阻撓這件事。

他和同鄉朋友茂松見了面，茂松和他一樣最近返鄉種植有機蔬果，他被瑞米開在地有機餐館的想法打動，願意和瑞米合資，二人越談越合一，他們一致認為，既然要以在地有機食物為主，就把食材準備得新鮮，地點不必太講究，畢竟店租還是筆可觀的支出，餐廳偏僻又如何，如果餐點好吃，自然會有顧客上門。

他們甚至想好了餐廳名字，茂松認為瑞米餐館是好名字，再加上瑞米有個酷酷的法國名字 Rémy，他認為這樣很好，「我們還是叫茂松餐館吧，」瑞米說，二人最後用丟銅板決定了餐館名字是瑞米（Rémy）有機餐廳。他們看了許多地點，選了一棟荒廢的樓房，那透天厝的主人其實想把房子賣掉，但價格一直談不攏，他願意租給他們三年。

茂松學的是建築，雖然他沒有實際從事這個行業，但他的理念讓瑞米很心動，他主張保留了原來的石瓦和櫸木地板，把大浴室的浴缸拆除改為舒適的男女洗手間和廁所，使用的是當地的石泥，和矽藻，客廳窗戶則改為近乎落地窗，全部材料都來自宜蘭當地，紅磚也是賣磚人庫存了許多年，沒有人要的老紅磚，他們採用了宜蘭的竹子，用竹籬笆隔出了一些戶外空間。

工程進行了一年多，光尋找材料就花了許多時間，二人的資金不夠，賣他們紅磚的老徐也會土木，他加入了投資行列，不但不收錢，還帶著他的學徒在茂松的計畫下施工。老徐之所以會加入他們，一是被他們想保持原生生態的心意感動，他們都想利用回收資源建築一棟適合人用餐的場所。老徐是咖啡迷，他太愛咖啡，也自己種過咖啡豆，買過一架昂貴的咖啡研磨機。

餐館建築過程中，發生了許多大小事件，其中之一是砌造紅磚的工人在陽台工作時不小心滑了跤，摔斷了手骨，另外便是茂松想在戶外空地砍樹種植蔬菜，三人意見不同，最後他們同意保留樹林，另外設法找地種植有機蔬果。

就在一切都快就緒，餐館的外觀也引來爬山的人注意時，問題也開始了，摔斷手骨的工人在別人慫恿下，要求巨額賠償金，「因為我從此不能靠手工作，」他要求的數目過高，幾乎要養他一輩子，三人都勸他，「手骨恢復後仍然可以工作，」但那人從一千萬降到二百萬，並且表示如果不付錢就上法院。

瑞米餐館保持了山林之美，很有特色，但颱風來時，雨水倒灌，原本好不容易拼排的木地板全浸了水，有些地板自此凹凸不平，很可能地板全得拆掉重做。工程因此又拖延了下去。

但瑞米在這段時間開始準備菜單，他盡力去拜訪各地的小農，結交了許多宜蘭地區的有志青年，他沒想到有這麼多人回鄉當農夫，這些人不但對生態環境很關心，也不在乎收成多寡，能不能賺大錢，「能養家糊口就好，」但有人立志要做改善有機的品種，「不是有機就會又扁又小，」還有，「我們不是小確幸，我們只是用自己僅有的力量來友善環境。」說話的人種植有機蔬果，耕地二十公里，沒有汙染，休耕三至六年，不使用化肥、農藥，用自然堆肥，他的土地上也沒有飛機飛過，「台灣的認證標準過低，而且有機蔬果真的很難從外表判斷。」那人太執著了，因此收成少，價格也過高，但他願意和瑞米餐館合作，「如果你們不在乎形狀大小，」瑞米一口答應，「這對我不是問題。」

瑞米邀過一心，並且專程載她到工地來看，「太棒了，我以後可以來駐唱嗎？你看那邊的小坡，好像以前希臘的圓形劇場，」一心是善意鼓勵瑞米，瑞米立刻給她一個大大的擁抱，現場只有他們二人，但一心還是秒閃，「你的廚房一定要用透明玻璃嗎？」她轉移話題。

「我想讓顧客看看我的身手，」瑞米認真的說，「還有，他們吃的食物是怎麼烹煮的。」瑞米的門口入口處也會擺著當天要使用的蔬果供顧客現場選擇。「這樣的料理一定很貴吧？」一心吐著舌頭，「你一定要訂我媽媽和校長的有機蔬菜，」她和瑞米走繞了土地一圈，從餐館最好的角度看出去，正好是一片山林，「當然，我會啊，只是怕他們不會寄送，」瑞米的眼神很篤定，他覺得人生要展開新的一章了，一心也很感動地看著他，「我會幫忙，真希望我可以留下來幫忙。」她不自然地擁抱了他一下。

「那你就留下來吧！」瑞米爽朗的聲音，在空屋引起些微的回音，使一心有點震撼，「我們再一起和我媽研究一下，你需要什麼蔬果？」她像孩子般和瑞米勾了手指頭。很快地，她鬆開手指做了鬼臉。

瑞米的菜單是外婆留給他的家鄉香味，他喜歡像日本天婦羅般的卜肉、西魯肉、鴨賞、金橘、芋泥，甚至炸醬麵，但他依法式烹調進行一點味道的改造，他每天都試做一些，他喜歡芋泥，想做一道芋泥鴨，「你媽可以種有機芋頭嗎？白菜？」他已經非常會炸芋條，他知道他需要什麼樣的芋頭。「你們倆為什麼不見面聊，去找她吧！」一心又加下一句，「我陪你去。」

他們真的去了。瑞米做菜給他們吃，讓他們了解他做菜的原理和需要。「怎麼這些料理看起來都像法國菜，」一心媽媽讚嘆，「怎麼這麼好吃呀？」她追問瑞米怎麼做，訣竅是什麼，瑞米說他是和外婆學的，他注重提味而不是加味，「這樣的擺飾都像藝術品了，」

校長也是頗為欣賞，他說，「會不會花你太多時間呢。」瑞米立刻說，「完全不會。」他確實在此事上已經爐火純青了，都要感謝明樹。但明樹的情況每況愈下，警方都已經多次到他家去搜查，把他當毒販了。

他們四人度過美好的星期天，可惜一心週一又有通告，瑞米在晚餐後便開車送一心回台北，「就這樣囉，我們這裡會開始準備芋頭的栽種，白菜你不必擔心，白菜收成很快。」一心的媽媽原來一點也不喜歡瑞米，但在見面後卻對他的廚藝佩服得五體投地，她後來對一心說，「看不出來他那麼會做菜，會做菜的男人不會壞到哪裡去吧，」她說完又立刻改口，「那小莊怎麼辦，我還是喜歡小莊。」

瑞米餐館開張了。顧客稀少。這裡離宜蘭頭城還有好一段距離，而且瑞米不想標榜自己上過藍帶學院。餐廳毫無名氣，建築外觀樸實，食物鮮美令人難忘，來的人留下這樣的評語，但他們多半是路過好奇，剛好餓了。

瑞米的媽媽和外婆倒是天天來，她們深以瑞米為榮，外婆要女兒去向丈夫加碼投資，她也想替瑞米償還青年貸款，立刻被瑞米阻止，他真心希望他的新生活由自己做主，他只要外婆嚐到他的食物，「我從來沒想到我們宜蘭小吃可以做成這樣的料理，擺這麼好看，」

外婆嚐了一口便說，瑞米，你真的不是你父親擔心的那個孩子。

穿著全白制服的瑞米遞上餐巾，瑞米的媽媽也對餐館的擺設很滿意，「那叫爸爸過來吃吧？」她試探地問了瑞米。瑞米沒回答，他為她們上了一道法式布丁，配以新鮮水果，她們滿意極了，瑞米可以感受自己的食物如何地被喜愛，那種感受令他滿足。

茂松倒是煩惱顧客太少，他不停地在臉書、ＩＧ上推文，但回應的人並不多，他建議下廣告，「這個年代，什麼事都是臉書、ＩＧ說的算，」但瑞米不著急，他認為把錢好好放在食材上更重要，茂松和他爭辯了幾次，「不然我們做外賣，Uber Eats，Panda？」他真的已經積極和那些公司談過，「唉，你太著急了，而且和他們合作，首先要付他們百分之三十，」瑞米感覺他似乎又要和茂松分道揚鑣了。

所幸，茂松只是著急，他內心裡贊同瑞米，他也慢慢安靜下來，不過，他還是不斷在臉書上發文，上傳照片，按讚數雖然不多，一半是親戚，但他堅持做這些事。

餐館有一天來了一個女顧客，茂松推推瑞米，讓他注意，然後自己立刻從廚房走到女顧客身邊，瑞米忙著做杏仁可頌，他看了一眼女客人，長髮，側臉是他熟悉的某個明星臉，不，他愣住了，他知道她是誰了。

她是江詠雲。

他看到自己的手微微在顫抖，他連忙擰掉手上的麵粉，立刻洗手，他到洗手間裡注意了自己的儀容，出來時幾乎和茂松相撞，「她是來找你的。」茂松有點不解，並留下了他，回到廚房。

她仍然是那麼獨特的表情，似笑非笑，但他才這麼想，她就笑了，「你好嗎？」她問他。他看著她，她的笑容裡微微帶著歉意。

我好嗎？他在心裡自問，然後也笑了起來。他曾經這麼愛過這個女孩，用全部的生命，或者，至少他以為他該用全部的生命去愛而那並不是愛，他至少為她付出了極大或許不需要的付出，他曾懊惱、不解，甚至一度還懷恨於她，她的不聞不問，連封信也沒有，他在她的沉默裡明白自己的盲目無知，他的苦戀使他變成另外一個人。

「還不錯。」這是他給她的回答。「妳怎麼知道我在這裡？」她總是那麼會打扮自己，彷彿清楚明白自己的女性該如何不突兀地表示，一點也不彰顯但又藏著自己的個性。她是看到臉書才知道的，她考慮了幾天，決定來告訴他一件事。畢竟也幾年了，江詠雲的標緻幾乎有點像少婦了，有某種沉著，少了淘氣，但她的鼻子微翹，那使她保持了原來的少女感。

瑞米驚異地察覺，他們之間很自然，好像人生就那麼正常，他們之間沒有任何違和感，沒有阻礙，連擋在監獄會面所那片玻璃都沒有，氣溫適合，陽光也剛好，他唯一發現的是眼前的江詠雲有時會皺眉頭，但很快便鬆開了。

他想問她好多問題。他知道她去英國留學，還留在英國嗎？「已經搬回來了，」她頷首微笑，「住妳父母的家？」瑞米知道她父母住羅東，但他回宜蘭後從來沒想過要經過她家，他最想念她的時候是頭一年在監獄，每週二，因為會有信件進來，他從來沒接過一封她的信。他在監獄是六個室友，剛開始他睡地上，靠近廁所的地板，他不敢哭，不敢抽搐，不敢有任何情緒表達。他就瞪著天花板，直到日光燈被關掉，後來他分到另一個房間，還是上鋪，那一次他高興地流淚了。

「我是來告訴你，為什麼我那時沒回信給你，」江詠雲看著窗外的樹林，嘴唇嗡動，彷彿她想呼叫他的名字，但她把眼光轉向自己的水杯。「要不要喝杯什麼，肚子餓嗎，先吃個東西，妳再慢慢告訴我。」瑞米很想知道答案，但他也不願意答案就只是一兩個句子，雖然他真的不知道她會說出什麼。

茂松早已端出他最拿手的曼特寧，「要加鮮奶嗎？」他喜歡看美女，毫不掩飾，但他感覺到瑞米和這位女孩之間有某種強烈的氛圍，江詠雲向他搖頭道謝時，他就告退了。

「那時我給你的信，全被我爸藏了起來，」瑞米聽到江詠雲這麼說時，他很震驚，他又想起那一夜在獄中的他自己，但他的心安靜下來。

那陣子，江詠雲的父親去看病後，發現了肝癌，是她媽媽請求她不要再讓他傷心煩惱，「當時我真的有考慮到父親，但我內心很掙扎，我甚至多次想偷偷去探望你。」江詠雲說她只是想告訴他，當年她不是絕情，而是父母的緣故。

瑞米想說什麼，但立刻轉了念，「要不要吃我做的豬排？」

他向她解釋那牛是台灣生產的荷蘭乳牛，以及他的做法是三分熟，江詠雲答應了，她本來想喝杯咖啡就離去。瑞米很想把那些年對她的懷念告訴她，他說不出來，只能為她下廚。

江詠雲是那晚唯一的顧客，吃完瑞米的牛排，瑞米陪她站在陽台上，剛好看到流星閃過，「妳許願了嗎？」他問她，「啊，我忘了，還來得及嗎？」她輕輕笑了，「還來得及，」他說，回頭看到她閉上眼睛好像在祈禱。

瑞米沒問她的願望是什麼，他自己在流星閃過時，許了一個願，希望所有的人都平安，他、外婆、江詠雲以及蘇一心。

第十九章——

那不是叛逆，
瑞米只是想告訴父親，
他不是父親眼中的那個孩子。

瑞米送江詠雲回她老家，自己也回了外婆家。他告訴外婆江詠雲的探訪，沒想到外婆這才告訴他一個祕密。

「你媽曾經傷心過度，為了這件事，」外婆不確定江詠雲的來意，她猜這個女孩是個好女孩，「她還想和你在一起？」外婆突然驚覺地看了瑞米一眼，「我沒有這種感覺，」瑞米回答外婆。

「你們年輕人講話我聽不懂了？」她摸著她最愛的狗兒米樂，「你會不會和她舊情復燃？」

「我還沒想那麼多。」瑞米也不理解江詠雲的來訪，他還不清楚自己在想什麼，太多的感覺全攪動在一起了，他還喜歡她那長髮的背影吧，他也憶起一些苦痛，身體的，感情的，他現在才知道他曾經那麼苦痛。「欸，這是什麼話？」外婆明白又不明白，「就讓這件事永遠過去了，瑞米，」外婆說話從來沒這麼語重心長，瑞米覺得自己好像在看連續劇，有那麼不真實的感受，「你不要再傷害你媽媽。」

瑞米不知道外婆在說什麼，他也不想再說下去，餐廳的營運很有問題，他的卡債已經使他快喘不過氣來，在送江詠雲回家後，他還收到一張款項巨大不明的帳單，他原來只是想告訴外婆，當年外婆口中的無情女孩其實有她的原因。

「瑞米，不要再和這個江家女孩來往了，」外婆站起來，有點搖晃地站在他面前拉住他的手。

在那一刻前，他從來沒發現外婆已經這麼老了，甚至已經有點佝僂，「你知道你爸爸當年和姓江的女孩母親有過一段關係嗎？」她說完，就慢慢走到客廳的太師椅上，瑞米也跟著走回客廳，坐在一個他買來的竹椅上，他低頭沉思這一切，這個訊息令他很震撼。

他沉思了幾秒，他問外婆，「為什麼從來沒人告訴我這件事？」外婆無奈地看著他，說不出話來，他走到客廳外，站在中庭，非常激動。

他的初戀，他的不幸，他的監獄生活居然後面還有一段父母的三角關係，現在他知道，他父親為什麼對他不聞不問，他的不幸後面原來還有一段媽媽的不幸，或者，江詠雲的父母親，後來他們四個人是怎麼活下去的？

「但不要去責怪你爸爸，那都過去了，」外婆也走到中庭，她在他身旁拍拍他，「他是愛你的，他也愛你媽媽，」外婆的聲音裡都是安慰。

他感到困惑，「是嗎？」他平靜地告訴外婆，「沒關係，那也不重要了，都過去了。」

他走回房間，在床鋪上平躺下來。

那一夜，警察來之前，他父親就先到了現場，他看著瑞米的眼睛，他問他，「你是否吸毒了？」瑞米對剛剛發生的一切還無法理解，他完全在這個問題之外，他父親連續問了他三次：「你是不是吸毒了？」

他搖了頭。但他父親不相信他，「是吸了什麼？還是吃了什麼？」他父親想在警察來之前幫他把事情釐清，「毒品呢？放在哪裡？拿出來丟了吧，快！」他不理解他父親的焦慮，他動都沒動。

「我沒吸毒，我沒毒品。」他重複說了兩次，就不想再重複，他認為是蠢問題。「你沒吸毒才怪，」他父親突然在他身上口袋裡尋找，瑞米覺得他父親再度侵犯了他的尊嚴。

他父親確實沒在他身上找到毒品，警察來了，他被帶走了，他也沒被檢測出吸毒，雖然酒精度高了一點，但不知道為什麼，瑞米的父親告訴外婆，「只是沒查出來，那小子肯定吸毒。」

瑞米躺在床上睡不著，翻來覆去。那一夜，他被帶走後，父親沒為他做任何事，連保釋金也沒付，是外婆為他找的律師，一切都是外婆的律師為他處理，出庭，官司訴訟，他父親再也沒有出現，他曾告訴外婆，「沒關係，就當做他兒子死了吧。」那些時日，瑞米把自己當成遊魂，他真的是，他覺得自己再也不是任何人的兒子，他只是個行屍走肉。

清晨，他被刺眼的陽光曬醒，他才沒睡多久，聽到外婆在和狗說話，他起身去廚房喝了水，踅回房間，打算繼續再睡，外婆在廚房外說話了，「你真的要原諒你爸，他為你做了很多。」瑞米不想繼續這個話題，他走進房間，倒向床上，外婆小心地打開他的房間的門，「那位律師不是我找的，是他找的。」

他半醒半睡中回了一句，「黃律師是我爸找的？」太多他不知道的訊息使他來不及思索，他只想好好睡一覺，他沒起身，就那麼睡了下去。

他睡到中午才起床。他驚覺自己遲到了，立刻下床快速地刷牙、洗臉，戴上安全帽，騎上摩托車出了門，往餐館飛快地行駛而去。

記憶中，從那晚起，他和父親的關係更為惡劣，他再也不回家，也不再和他交談。他覺得就算沒有父親也無所謂了，他不需要那樣的父親。

但他記得的初戀是百分百，完美的一首詩，他的初戀讓他上了天堂，也讓他下了地獄。他的初戀那麼純粹，他只牽過她的手，就像閩南話中說的牽手，但卻讓他一輩子都記得，完美的味道。

她的來訪讓他又憶起痛苦和美好。

第廿章——

瑞米給一心的留言：

我很想知道妳的宇宙是不是平行宇宙，

還有，妳究竟是從那一個星球來的。

一心認識莊那天，他才看到她便立即對她微笑，那個微笑使一心深為震撼。她的直覺告訴她，那個微笑裡有一種深沉的意義，彷彿與她的生命有所聯繫，他鬆開他原來深鎖的眉骨，當即閃亮的眼神，輕微的抬頭，都意味著極為精緻的理由，他在告訴她，他的意志力堅強，他有足夠的理由喜歡她。

一心也從他的眼神裡看出一些祕密，但他的情感像催眠似地向著她，使她毫不猶豫地接近他，那眼神啟發了她的靈感。

雖然他們只是談著蝌蚪、蜜蜂以及星際旅行。當時她自己像龍捲風般被他吹起，當她全心全意地靠近他時，他卻退縮了。他們之間有一種奇怪的情愫，他非常溫柔，帶著激情，也像座死火山，卻神奇地被她激活了。

「妳一直在更新狀態，」他說過一次，「而且妳變化無常，好像從來不曾真正參與，」他覺得一心有時積極上進，會汲取新知，到處結交朋友，另一部分的她卻完全客觀，好像隨時可以離開，「好像妳隨時就會搭上高鐵、台鐵甚至飛機，去旅行，而我不行。」

一心當時也不了解莊神祕的個性，她只是深深被吸引，她自己覺得，是莊早在她前一步離開，卻抱怨她的揮手，她不明白他的情感表達，也不想知道他和晴子的關係。

確實，一開始她為了他改變，但很快地，她為自己改變，她覺得莊的行為有所矛盾，心情變化也特別大，而莊雖然耐心地等待她，有時卻又有傲慢和某種難以形容的不滿，「你是在生我的氣嗎？」一心不知道自己做錯了什麼？「誰告訴妳？我在生氣？」莊的語調分明是不悅，一心也跟著沉默了，她知道再多一句話，二人都無法面臨下一步。

一心更改自己的藝名，為臥室換了天藍色的油漆，她計劃再存錢去阿拉斯加，沒為什麼，只因為沒看過北極光，她想要在午夜曬太陽，莊對一心感到失望，「因為妳太不投入，只追求表面和刺激。」他冷冷地說出一句。

這一句讓一心感到心灰意冷，他竟然不知道，他們二人之間的一切都是她聽他，她把決定權交給他了，那已經是她愛他的證明，但他竟然沒看出來。所以她經常性地表示沉默了，而雖然，二人聚在一起時，蜜蜂爸爸總是暗示他們未來要結婚生子，她一向被動地接受這個安排，為了父親，為了家庭的未來，她理性上知道和莊在一起是正確的選擇。

但她現在也喜歡往瑞米的餐館跑，好像在逃避自己，她和大衛聊起自己的情感，「喔，我很愛瑞米，」大衛喜歡瑞米，是一個忠誠的助手，自從他答應來餐館幫忙後，他很少遲到，瑞米交代他的事，他必全力以赴，他和一心在餐館外聊天，他早看出瑞米對一心的態度和別的女孩完全不同。

大衛和一心聊了好一會，他不認識莊，但每次一心都會提起他，「妳和莊在一起快不快樂？」大衛問起，一心思索著，正要回話，瑞米剛好從廚房出來，他們立刻轉移話題，坐下來討論食材寄送的問題，一心要幫媽媽考慮如何寄送蔬果，他們選了幾種外送的方式，但有的無冷藏，有的包裝不完善，最後一家是完美的選擇，只可惜運費貴了很多，他們也討論了季節性時蔬，一心一一做了筆記，她會和媽媽溝通，「她最近芋頭有收成，好希望你過去看看，」一心望著瑞米，她又加了一句，「去吧，我陪你過去，」瑞米有點驚訝一心的建議，「妳不是很忙，演唱會不是快到了？」

「對噢，」一心真的忘了，她越來越常到餐館來拜訪，也越來越喜歡和瑞米聊天，她把瑞米和大衛當成家人，來時還為他們打掃，清潔，共同計劃。他們的想法是將一心母親視為有機蔬果最大供應商，瑞米會繼續研發合適的菜單。三人聊了很詳細，然後瑞米送一心回台北。

我不知道未來的路要怎麼走。

知道自己不知道也是一種知道。

他們的聊天內容很有趣，一心會說很多她覺得有趣和好奇的事，也會對她的處境略作解釋，瑞米每每聽一心的話題，便有更多新奇的聯想，二人喜歡開玩笑，他們都知道彼此最鍾意的便是隨興，所以都不會去打擾對方，但正因理解彼此，又會激發對方，「瑞米，你現在可能是最了解我的朋友了，」一心把左手搭在瑞米的肩上，瑞米專注在開車，他聽到後，把自己的左手也貼近她的手，就在那麼一刻，二人對望了一下，瑞米的車子裡放的音樂就是一心已經錄製完成的那首歌。

「我開始懷疑自己真的適合當藝人，」她把手收回來，靜靜地看著車子往前，她轉頭問瑞米，「可能我只是愛唱而已，其實不一定要往歌手這個行業，這只是一個夢想罷了。」

「人生就是一場夢，不管是什麼夢，讓我們就夢得痛快吧！」瑞米鼓舞她，他開口唱她的歌，為了討好她，他早熟記了歌詞。一心輕輕地笑了。

你是從外太空來的吧。

我倆都是外太空來的，但妳是哪一個星球呢？

「我真的是地球人，」一心頑皮地回答，「我愛這個地球，我住的地方。」

「我也是長期移民，現在什麼地方也回不去了，而且，」瑞米和一心之間總是有種新鮮感，二人不時就會給對方一點意外，「而且？」一心看著他，她沒想到她會聽到這樣的回答，「而且這裡有妳」。

瑞米的電話響了，是茂松緊急來電，他要瑞米立刻返回餐館，他找到黑衣人的紀錄。瑞米打算先送一心回家，但一心堅持要陪他回餐館。茂松最近開始擔心，因為有網友宣稱瑞米餐館有老鼠，餐館也是棟違章建築，剛才他在餐館找出監視器畫面，看到日前連續二次有穿著黑色衣褲的人拿著捕鼠器走向餐館，捕鼠器裡竟然是掙扎的老鼠。

瑞米和一心返回餐館，三人仔細看了畫面，「要報警嗎？」茂松神色緊張，「先不要，這樣反而讓大家更注意老鼠，」一心立刻說。瑞米也同意，「應該自己做好防鼠工作，立刻找出他們的老鼠，」瑞米很快地看了茂松一眼，「我知道黑衣人是誰。」

「是誰？」茂松非常好奇，「是我們的對手店？」

「不是，是一個恨我的人。」雖然多年不見了，瑞米知道有人還恨著他。他雖這麼說，但還不知道下一步怎麼做，他安慰茂松，「我會處理。」

瑞米不想面對的陰影，突然驟然駕到，像烏雲突然密布，霎那間遮去了陽光。

他曾經和一心聊過此事，當時一心曾經說過一句，「或許那人在等待一個道歉？」

第廿一章——

莊問過自己：會不會有一天他還會再遇見晴子？

莊受邀到農會去演講，原本一心答應他，她會去接蜜蜂爸爸一起去，但她臨時失約，他的蜜蜂師傅也沒參與。莊等到原定演講時間都過了，她都沒出現。

他的演講題目有關護衛蜜蜂，鼓勵友善種植，避免蜜蜂誤觸農藥而中毒死亡或迷航，來的人不多，有一個老一輩的務農者嗆了聲，「不噴農藥，那你自己種種看，」他也立刻回答那人，「至少你可以少噴或延遲噴灑，讓蜜蜂進行授粉，否則你的水果產量也不會高。」

「我們人工授粉也不是不行，」那人咄咄逼人，他是來踢館的，看不慣莊和蘇姓蜂農做蜂箱授粉的生意，「你們那樣賺錢，還敢推銷？」

莊發現群眾裡不少支持友善環境的年輕人，多是知識份子，渴望吸收更多友善環境的知識，那位老農長期勞累而不想再聽這麼多，還有另一些人來農會聚在一起，只是想知道縣政府的國土重建政策，多半最後還是把農地租出去，或等著建商投資，這些人冷眼旁觀，沒什麼意見。

莊和幾個從台北返鄉種田的青年加了聯絡方式，他和其中一些人有志一同，聊了好一會才返回農舍，一如最近，一心仍然不在家，而一心的父親正在電視前獨自喝酒，他已經喝多了，整個臉脹紅著，他一言不語瞪著電視，電視上是行車紀錄器的紀錄，一則撞車的新聞，播報員朗朗上口，彷彿在播報世紀末大新聞。

「你剛才為什麼沒去農會？」莊問師傅，而師傅像做錯事的孩子，「他們上門來要我還錢。」

莊這才發現師傅看起來有點憔悴，最近似乎像變了一個人。師傅關掉電視，看著莊，「我買不起這塊地，我老婆說，就算我買得起，她也不會回來。」

莊面臨了兩難。不但他和一心之間相處越來越困難，且他留下來為師傅工作的希望也越來越渺茫。他逐漸發現，師傅要買的這塊地不適合農業生產。

「她打電話給你了嗎？」他問師傅，「沒有，她上次來時這麼說過，」師傅撿了二粒桌上的花生放進嘴裡咀嚼。莊不解地看了他一眼，隨後想到，「我不是問師母娘，我是問一心是否打過電話給你？」

蘇師傅又給自己倒了一杯強尼走路，「沒有，她沒有打電話過來。」莊非常失望，不但一心沒來參加，連要接爸爸過去的事也忘了。

他丟下還在喝酒的師傅，回到房間，換了運動衣，穿上球鞋，他關上門，慢慢在山路踱起步，逐漸跑了起來。他越跑越快，夜色深沉，山路的路燈也不明亮，但他卻往前衝去，他看到一顆非常亮的星星，他知道應該是天狼星，那是夜空最亮的恆星，也是除了太陽之外最亮的恆星，一顆令他想起孤獨的遙遠恆星，他無法昇起浪漫和熱情的感覺。

一八三四年，德國數學家貝塞爾發現它不沿著直線運動，而是有著某種波浪形的線條。一八六二年，美國人克拉克在折射望遠鏡中看到天狼星的昏暗伴星。他之前已經和一心分享過，他停了步，拍下這個時刻，他想再度分享給一心，但他隨即打消了這個念頭。

他墜入了宇宙的那一頭，覺得自己即將抵達天狼星了，永恆和孤獨。

那一晚，他關了機，不再關心任何訊息，第二天早上醒來後，發現師傅睡在沙發上，酒瓶全空了。他離開農舍，騎上摩托車往海邊，他好久沒有看過海了，現在就為了看海一眼，沒有別的理由。

他經過頭城，下了車吃一碗麵，繼續沿著海岸線走，經過北關海潮公園，看到有人在衝浪，他深感興趣，又返向來到烏石港附近，他停了車，坐在岸上，看著衝浪的人群，那就是自由自在吧，他心裡這麼想，他或許也該偶爾離開山上的工作來海邊看看，他喜歡衝浪的感覺。

他看到一些外國人玩得很開心，有個女孩衝浪的身姿很漂亮，莊看得入迷了，他注意到那女孩，並不是他們中間的人，她是一個人來的，只不過很多男人都喜歡和她搭訕，當莊知道女孩不屬於外國人的團體時，他更欣賞她了，雖然他看不清她的臉。他們的距離大約三十公尺。

莊也無意近距離去看她，覺得自己坐在那裡很好，陽光很溫暖，他就在岸上那麼曬著太陽，他坐了好一會，看到女孩在收拾別人留下的垃圾和飲料罐，然後她的身影慢慢消失。

他終於打開手機，看到許多一心的留言和來電，他把剛剛拍下衝浪人的照片發給了她。「我也想去，」一心發了這個訊息，他沒回答她，「這是哪裡？」她繼續問，「你究竟在哪裡？」他覺得她好傻，不，他改變了他的想法，他覺得自己很傻，他又把手機收了起來。

離開烏石港前，他報名了衝浪課。回到農舍時，倒是看到一心陪著她父親在清理蜂箱，他問她，「為什麼沒來，也不說一聲，」他語帶不解，蘇師傅為女兒打圓場，請他們出去吃晚飯。隨後，蘇師傅去酒友家喝酒，留下他們。

莊問起一心，為何她媽媽不想離開校長搬到這裡，「因為目前的路途是以前的兩倍」，而且校長最近才被診斷出糖尿病，從這裡去醫院看病很不方便。莊聽不出來一心到底站在哪一邊，「妳母親是不想過來了？」他問她這麼一句，她想了一會，「也不是。」

她的話題又回到演唱會和經紀人的事，「演唱會的檔期訂了沒？」這是莊最關心的，他想知道一心接下來的時間安排。「檔期確定了，」她說，接下來的兩個月準備工作即將開始，「妳看起來還蠻開心的，」莊也為她高興，畢竟與其煩惱和抱怨，他更喜歡她接受並全力投入工作。

「為什麼不來也不說一聲，」他仍沒忘懷一心沒來農會參加演講的事。「我去安排媽媽送菜的事，完全忘了，對不起。」一心真的忘了，「她的有機蔬果都會直接寄到瑞米的餐廳，必須保鮮，運送方式還有一點複雜，」莊知道她在法國時認識瑞米，「他回台灣開餐館了？」他沒等她回答，「妳竟然會把我忘了。」

「瑞米開了一家很有趣的有機餐廳，我們可以一起去吃，」一心開始講述了瑞米的創業之道。「你怎麼了？」一心停下來問他，莊站了起來，在她面前踱步，他心事重重，「我擔心妳爸再這樣下去會支撐不下去，」一心立刻也凝重起來，「我和我媽一直勸不聽，但他一意孤行，只有你在幫他。」

「所以我不該幫妳爸的忙？」莊對一心的說法大感意外，「我不該幫妳家的忙？」一心不敢再說什麼，氣氛凝固了幾秒鐘，「我知道你很辛苦，這根本不是你的事，我也知道我爸很辛苦，但是他的想法太天真了，」一心拉著莊的手，「你知道我一直很感謝你，無條件地幫忙我爸進行這麼大的蜂園農場計畫，」她整個人的身體突然俯向莊，「我真的無法回報你。」

莊撫摸一心的肩膀，「不必回報我，」這一切就這麼發生了，他在晴子之後，發現了一心那令他難忘的回眸，但他和一心之間卻似乎隔著一層玻璃，他像站在一艘離岸的船，而一心沒上船來，他離岸越來越遠，「一心，其實妳是二心，」莊不知在安慰或在揶揄她，「妳既愛妳的蜜蜂老爸又愛妳的校長爸爸，難怪妳有所衝突。」他想換個話題，「我沒有衝突，愛為什麼要切割，我把一樣的愛都給了他們。」一心不同意，想要辯論下去。

「妳去校長那裡讀經唱詩歌，回來時和妳蜜蜂老爸去廟裡燒香拜佛，」莊只去過牧師那裡一次，知道校長也是個牧師，而平常初一十五，他的蜜蜂師傅也會對他家裡供奉的觀音像上香膜拜。「我接受神的大愛，」一心略為激動起來，「也相信佛陀說的無常，我自己並不覺得有什麼悖逆。」

她傷心地哭了，莊內心裡也有某種情緒被她挑動了，倒不是話題，而是他激發出這樣的情緒，他其實要說的是，不但她的家，他們之間好像有什麼已經開始斷裂了。

究竟他想到的是，以後他和一心的生活如何繼續，他和蜜蜂師傅走在一起便很難靠近校長，他和校長也很少對話，而一心前陣子提到婚禮時居然說她想在校長的小教堂結婚，這著實也讓莊思索了一陣子。

「妳還想在校長那個教堂結婚嗎？」莊有點落寞，他想，如果她堅持要結婚，或許他就不該感到落寞，至少他們有個努力的方向。

「莊，結婚只是個形式，沒那麼重要。」一心流著淚，她真心覺得他們這樣就很好，她甚至有一點虧欠莊，但她愛他，她只是不想跟他結婚。

震撼性的答案丟了出來，但他接住了這個訊息彈，他並未被炸開，一陣子以來，他們之間的關係已經勉強，有種他說不上的緊張感和責任，他對她有太多的責任感，而那些責任感拘束了他。

一心這席話也解脫了這個束縛，「我也覺得不必結婚，」莊回想整件事，多是他的責任感，起因也是蜜蜂師傅的傳承和鼓勵，但是他自己呢？他從來沒想過他自己。他倒是荒謬地想起他去福島使用的那台怪手挖土機，想起了晴子的父親，以及，最終，他無比懷念起晴子。

他覺得自己像和尚，或者道士吧。他可以自己挖土、走路、種樹，照顧蜜蜂，他可以重複地做這些事，在其中找到神聖的理由。

「嗯，那我們就先不要結婚吧，」莊坐下來安慰一心，握著她的手，把頭依偎著她。

「我們怎麼了，以後怎麼辦？」她用手背擦拭了臉頰上的淚水，過了好一會，然後拾起旁邊的吉他，「那我唱條歌給你聽，怎麼樣？」莊認真地點點頭，就看她彈唱起來。

那個晚上，一心在莊的陪伴下，說服父親放棄買山的這個大計畫，她沒提到母親會不會搬過來，而是那塊地的農舍使用問題，還有越來越龐大沉重的貸款。莊也向師傅表明，依照原本縣政府的國土規劃，這塊地是山林保護區，不該出售，但有人動用了關係，修改了政策，他希望蘇師傅不必走這條路。

蘇師傅無路可走，他只能認賠賣出土地，但一心的媽媽最近不願意來看他了，「媽就是希望你戒酒，你只要戒了酒，她就會回來了。」一心告訴父親多次，她說，「媽媽懷疑你又再度嚴重酒精上癮，可能需要醫院專業協助。」

第廿二章——

江詠雲衝浪時想過：
如果不是因為曾經遇見錯的人，
她不會知道現在認識是對的人。

莊又一個人去了烏石港，為了那迷人的浪花，為了看衝浪人的身影，也許，他也可以是衝浪人群裡的一個。

他租借了粗短的衝浪板，衝浪教練給他一些建議和示範後，他便自行從滑浪開始練習，他和一些身姿笨拙的初學者一樣，總是無法從水裡躍起站上滑板，一次一次地摔跤，他回想自己小時候騎自行車時，也曾跌過，就這樣反覆地練習一小時之後，他竟然站上了滑板，雖然只是短短的幾秒，他雀躍不已，更加勤於練習，他一直練到自己精疲力盡，才把衝浪板還了回去，並打算在衝浪小站買下一塊，正在挑選時，他看到一個女孩獨自帶著衝浪板走向沙灘的方向，莊目不轉睛地看著，他確定她是那個上次他曾看過的衝浪女孩，他放棄購買，遠遠地跟隨著她。

她抱著衝浪板，慢慢走入退潮中的海水，當時的海面非常迷離，天空投下燦爛的陽光，浪花濺起，水霧像發光體般，在天邊閃閃發亮，感覺像在另一個虛幻空間裡，即幸福又詭異，那女孩在海浪中站了起來，在幾波的海潮裡保持了極度優美的姿勢，莊看得入神，決定當她的攝影師，為她捕捉身影，他拍了幾次，看到女孩在與海浪對話，莊才剛開始對衝浪有興趣，乃驚為天人，整個海岸線都因這個女孩而活了起來，而她旁邊的人也逐漸退去，只剩下她一人的英姿，但才不到一會，周圍突然人多了起來，人聲開始嘈雜，不同的人走進海灘，莊放下手機，「有人失蹤了，可能遭海浪捲走了，」人群中有人這麼說，那女孩也抱著衝浪板走向人群，救生員和衝浪店店家的人也趕了過來。

莊完全沒注意到任何其他衝浪的人，他只專注在女孩身上，他快速地在手機上滑動他的錄影，尋找任何留下的紀錄，在他的第一個錄影中，有一個男孩也在她身旁，但海浪退潮時，只看到女孩而不見那人的蹤跡，男孩彷彿滑進海浪，莊聽到其他救護人員也紛紛來到，莊走了過去，他把手機上的錄影給大家看，眾人揣測是否男孩被海浪捲走之時，「這個衝浪的女孩是誰？」大家傳看，有人在旁問起，莊不好意思作答，但終於還是有人認出就是站在一旁的江詠雲。

江詠雲得知畫面上的人物是她時，「我當時並不覺得旁邊有這個人，」她好奇地看著莊的手機，人群把眼光轉向正在巡邏的電動遊艇，江詠雲將手機交回給莊，「為什麼會拍到我？」她看著莊，彷彿似曾相識。

莊靦腆地笑了，「我覺得妳衝浪的身姿很漂亮，就忍不住拍了，」江詠雲不太領情，「是偷拍我？」莊沒想到她會這麼想，他立刻告訴她，「我可以當著妳的面，把我錄到的畫面全部刪除，」他在手機上按鍵尋找，「你還錄了什麼？」江詠雲好奇地問。

電動遊艇已經在海岸線尋找了好幾次，但仍不見人影，太陽要下山了，人群中有人淚流滿面，有人為失蹤的人祈禱，江詠雲和莊也都在等待好消息，但到天黑時仍未尋獲，江詠雲要離開前請求莊上傳那段錄影給她，留下她的聯絡號碼給了莊。莊又驚訝又驚喜。

二人離開海灘，邊走邊聊，江詠雲把衝浪板收到她的車廂後，關上車門，向莊告別，「下次見！」她揮揮手，便走向車座，駕車離去。

「下次見？」莊雖這麼想，但還是做了一個肯定的手勢，看著她的車子駛離烏石港。車子離開後，他才找到自己的摩托車，駛回農舍，他抵達之後，第一件事便是把他錄的第一支影片傳給一心，「剛剛去衝浪，有人落海了。」但一心立刻發訊息給他，「那女孩是誰？」莊一點都不想說謊，「還不認識。」他的心情有點矛盾，既對那女孩感興趣，又覺得自己對一心有了背叛。

這個背叛的感覺慢慢淡了。

他經常去衝浪，為了就是洗掉他對一心背叛的感覺，他們之間因隔閡所造成的不快，甚至因誤會而越來越多的爭吵，多半是一心說話聲量的提高，二人關係的緊張和不適，他在衝浪時都得以釋去，尤其是他乘浪順利，迎風馭浪的感覺使他完全忘了一切。

他才知道原來他已經不再介意是否與一心能長久或者永遠相處了，他曾經愛過她，現在他很清楚，他的愛是概念性的，甚至是理想性的，她在他的想法中是一個完美的女孩，但二人在生活中卻無法相處，也不能相互適應，因為摩擦越來越多，二人也逐漸習慣對關係保持緘默的態度。

也因為太多緘默，他把心思轉向海，他主動請教江詠雲衝浪的問題，她熱心地回答他，莊按照她的指示練習，他全心想把衝浪練好，只有這件事可以讓他不再煩惱，連一心媽媽也意識到莊和以前不一樣了，她來過農舍幾次都沒遇見莊。

在一心忙碌起來的這段時間，蘇師傅必須出售他買下的山坡地，否則法院要查封他的家產了，莊幫不上忙，也只能靜待其變。

他去台北看過一心兩次，必須透過經紀人安排，因為一心的時間表一團混亂。一心看到他時並不特別興奮，莊可以感覺得到，有更重要的事在等她，他們在小餐館吃飯，因找不到停車位，他遲到了十五分鐘，一心竟然在餐館內語帶責備，莊不想當面爭吵，他們吃完飯，他便載她回台北住處，她有點意外，莊沒有任何反應或反駁，他們和平常一樣告別。

那一晚，莊寫了訊息給一心，「好一點了嗎？還是一樣？」他寫，我知道我們的個性很不同，我想像愛情是神聖的，妳邀請我進門，但妳也讓我跌落。或許愛情和人生一樣，也有生老病死，我不知道，我們的情感是不是病了？

一心打電話過來，但她聊的還是蜜蜂老爸和她媽媽的事，莊只說了一句，所有的事包括情感，就像自然環境，如果你不理會，一切會繼續毀壞。他還不明白，究竟有什麼在他心裡逐漸凋萎了，他開始想念她的溫暖，掛上電話，他覺得應該要改變自己的生活，以後要多關心和照顧一心，他這麼思索過一遍，才安心的睡了覺。

如往常一樣，他到農會尋訪能為蘇師傅解套的東家，但可惜毫無所獲。他在網路搜查，看到浪況良好，他便去烏石港衝浪，那一天的浪點面向東南方，是「東流」，莊遇到了鏡浪和管浪，他啟程幾次都非常順利，人生第一次覺得自己和海浪有了合一的感覺，似乎像他第一次的性經驗，他和晴子的身體完全貼合為一，二人的身體化為一體的感受。

太投入了，莊沒注意到浪頭，摔了下來，衝浪板從他額頭擦了過去，他取了衝浪板，游回海灘上休息。

遠遠地，江詠雲走向他，「我剛才看到你衝得很順，」莊本來斜躺，他坐了起來，「現在換成妳在跟蹤我？」他開她玩笑，二人坐在沙灘上聊了起來。他們從衝浪聊到海灘，又聊到弦理論、量子力學及平行世界，還提及哈佛女學者麗莎．藍道爾。

莊覺得他可以整天整夜和她聊下去，那時風吹了過來，他看到她似乎感到冷，他把他帶來的毛巾遞給她，她便披著他的毛巾繼續聊她從前淨灘的故事。

他們從沙灘換到附近的咖啡館，莊從來沒和一個女孩在一天之內聊這麼久，連晴子都沒有，更別提一心，這一點連他自己都不敢相信，他驚訝之極。二人都相信地球上存在「五度空間」，二人都喜歡麗莎．藍道爾的說法，「這個空間近在咫尺，只是我們看不見，」藍道爾是在瑞士實驗室做實驗，在核分裂過程中，意外發現突然消失的微粒，所以大膽地預測平行宇宙是存在的，她挑戰了愛因斯坦的四次元。

「我們的靈魂是否在第五維空間活動？」江詠雲談到宮崎駿的動漫《龍貓》，莊提到第一次有人和他聊《龍貓》的晴子，「我曾經和她對話，雖然我不知道她的身體和靈魂何在？」

莊訴說自己曾經的戀愛經驗，並對晴子的消失仍有悔痛，江詠雲能領會明白，「我那時心裡有一塊地方也麻痺了，」江詠雲告訴莊，「我曾經像個瘋瘋病人，明明已清醒，但卻無法行動。」莊發現江詠雲和一心是完全不同的女孩，最大的不同便是她的專情。後來，他有點羨慕那個被她愛過的男人。

「也許他需要的是他得不到的，」莊說，他自己也是男人，他想像男人可能的想法，

「他可能也在受苦，因為他從來沒得過愛，也不知道愛是什麼，既無法給妳，也無法給其他的女人，」莊說得有點多了，他有自知之明地停住，「這一切都過去了吧？祝福妳。」

「這一切早已過去，」江詠雲說，現在她的心思都在做衣裳、淨灘以及衝浪這幾件事情上。

「你呢？」江詠雲只知道莊是一個研究蜜蜂的人，在這之前，她從來也沒想過蜜蜂這個昆蟲，她也從未想過這個問題，當蜜蜂消失後，人類和物種還有多少時間可以生存下去。

你到底在做什麼，為什麼蜜蜂？

我活著，並且祈願在我活著的每一天，都能對我身處的環境和我身邊的人貢獻一點我的愛。我願意像蜜蜂一樣，每天只做好一件事：採蜜。

江詠雲笑了，站在她面前的人可能是個瘋子，但她卻覺得他瘋得有點道理，「你講得這麼偉大，其實不過是活一天算一天罷了？」她語帶幽默，「是啊，是活一天算一天，但是非常積極地活每一天，我不內捲也不躺平，我已經看出資本家和政黨的那些套路，沒有人考慮提高品質，大多數的人沒有選擇，只能活在惡性競爭中，我只想以自己的方式活下去。」他認真地回答。

「我也是，」江詠雲驚喜於有人和她的想法一致，她說，「沒有太多名利的欲望，那不表示我們懶惰，」她說，「我覺得我們應該為人類的未來盡一分力。」

「我們應該，確實，今晚有空嗎？」莊發出邀約，「剛好有。」江詠雲眼睛裡充滿了希望。「那我帶妳到一個特別的餐館，我們再好好談談人類的未來，如何？」莊的建議讓她毫無任何異議。

江詠雲和莊各自駕車而來，決定分頭進行，他們各自赴約，莊的摩托車在前面，江詠雲緊緊地跟著他，那條路如此順利安靜，沒有太多紅綠燈，彷彿他們只需要直直往前走。

她只需跟著他往前走。

第廿三章——

一心記下這席話：

藝術我不懂，藝術家我也不認識，
凡事我認為只要真誠地去做，就對了。

瑞米的餐廳遭受匿名舉報，又被爆料餐點有毒，事件發生了幾次，瑞米都秉公處置，安撫茂松和大衛以及老徐，甚至其他員工，但偶爾也感疲憊，外婆都看在眼裡。

外婆把女兒找了過去，和女兒長聊，希望女婿能協助自己的兒子，「他讓他兒子進監獄，現在人出來，那麼努力，出了事老爸還置身事外，這樣對嗎？」她的女兒下嫁瑞米的爸爸，她並未反對，但因瑞米她一度非常遷怒於女婿的行為，她從那時起，也不再和他說話。

「現代社會大眾對民意代表嚴格要求，我們必須以身作則，不能搞特權。」瑞米的媽媽聲音微弱，她在考慮如何幫助兒子渡過難關。

瑞米幾次把二人接到餐廳並為她們做了餐點，又開車送她們回家，「真希望你爸能吃到你做的菜。」媽媽這麼告訴他。

瑞米和父親相處一向很難，他們的心結結得太深，瑞米畏懼父親，他不想提到他，也不想面對他的父親。

「其實當年我很為難，也很痛苦，」瑞米的媽媽終於告訴他，「是我不希望你繼續和江詠雲來往的。」那是一次他們二人單獨相處的時刻，她第一次說出這件事，並懷抱很深的愧疚感，「因為人生就是那麼詭異，你為了江詠雲誤傷了人，那個晚上他正與江詠雲的媽媽在卡拉ＯＫ，或者開房間，我不確定。」

瑞米雖然已知道父親與江詠雲的母親有過交往，他還是久久不能平息自己的情緒，「但我真的不明白為什麼他對我總是那種詰問的眼神。」

「瑞米，這事情很簡單，」他媽媽告訴他，「他到現在還懷疑你是否使用毒品，」瑞米從椅子站了起來，「怎麼可能？」他認真地看著母親，「媽，妳相信嗎？」瑞米的母親搖頭了，「我知道你沒用過毒品。」

「是大麻嗎，他認為我吸大麻？」他曾不小心抽過一次。「不是，這不是他認為的毒品，他認為是安非他命或搖頭丸。」他媽媽問過丈夫。

「我不喜歡安非他命或搖頭丸，我試過，一點都不喜歡，他為什麼認為我在吸毒，我真的沒有。」瑞米覺得莫名其妙，他追問著母親。

接下來，瑞米的媽媽終於告訴他。

她在婚後某一天晚上醒來，看到瑞米的父親獨自坐在客廳看電視，他拿著選台器，按掉又開啟，開啟又按下。不斷地重複。

「怎麼不睡？」瑞米的媽媽問她丈夫，他一臉欣欣然，他站了起來，緊緊地抱住瑞米的母親，「沒事，沒事，一切都很好，一切都會好起來，我向妳保證。」瑞米的媽媽坐在他身邊，但他仍然絮叨一樣的話，她要他一起回臥室，但他不肯。

第二天早上，瑞米媽媽醒來時，看到餐桌上已經買好早餐，豆漿還是熱的，但瑞米的爸爸躺在客廳的地上睡著了，他睡了一天一夜。

再接下來的某一天，瑞米的爸爸又在客廳自言自語，整晚不睡，瑞米的媽隨後又發現他似乎陷入昏迷。她只能將他送到認識的診所。

媽媽說，那時瑞米還小，父親吸毒了幾年，也經歷了很多年的戒毒歷程。有時夫妻二人還會相擁而泣，再後，他又被緊急送醫，到了醫院已高燒四十二度，命一度被拉了回來，因為他的戒毒之路如此艱辛，「所以他非常擔心你走上這條路，」瑞米只記得父親那嚴厲的眼神，他不明白，「為什麼父親會質疑我？」

「你忘了你國三過年時帶同學來家裡玩，後來一起在房間裡吸大麻？」母親提醒他。

「但我對毒品沒有興趣，難道你們看不出來？」瑞米略微提高聲量，「我一點興趣都沒有，我也許會喝一點酒，但跟毒品沒有關係。」

瑞米的母親以肯定的語氣告訴他，「這一點我也很清楚，我跟你爸說了好多次了。」

「你應該回家去跟他聊聊，」瑞米的媽媽勸說他，瑞米一直沒這麼做，他和父親彷彿在對抗，看誰先放下，「你為什麼不回去，你是兒子，先回家是對的。」

「但我沒做錯什麼，」瑞米有點動搖了，「我回去要對他說什麼？」他的語氣平和，媽媽聽出來他不再堅持，「就不說什麼，純粹回家一趟，讓他知道你回家了。」

瑞米先送外婆再送媽回家，在門口，他幾乎要和他媽一起走進去了，但他停步，「下一次吧，我心理還沒準備好。」

他媽媽在他離開之前又解釋，瑞米被判刑時，他父親很痛苦，她看得出來，她知道他心裡的掙扎，「那位法官也是他的宿敵，他真的無能為力，那時，他以為你吸毒，所以他放棄對抗。」

不解的謎。瑞米不知道他父親如此擔心他沒做過的事，或許他也不夠體貼父親，不明白父親當年戒毒之路走得多辛苦吧，在和母親談話後，他略略釋然。

那一晚他睡得很安穩，一大早醒來時還聽到鳥群在屋外對他演奏了一場交響樂。

他發了一則訊息給一心：首場演唱會我已經買好票了。但一夜沒得到一心的回音，瑞米不知該不該繼續追問她這件事。

他一大早起床後便去傳統市場買食材，首先他訂了十隻春雞，買了新鮮的玉米和豌豆，他隨即到港口去買新鮮的大蝦。

回到餐館時，一心站在庭院喝著老徐煮的咖啡，她已經比他早抵達餐館，並且已和大衛做完食材的清理。

「我想在演唱會前就先看到你，」一心燦爛地笑著，瑞米覺得那是他見過最動人的笑容，他愛上這樣的笑容，如果有什麼毒癮，那就是了，他已經開始上癮了。

他為一心做烤春雞，以及山苦瓜燉飯，春雞的嫩度絕佳，燉飯是義大利的Risotto，他配以苦瓜絲片，淋上鹹蛋汁，因為他知道一心喜歡苦瓜鹹蛋這道菜，他為她改造了台灣味。

一心吃著吃著，她先是讚嘆美味，然後她的淚水掉了下來，他立刻遞上紙巾給她，以為她經歷了什麼事，「不，不，」她放下餐具，「實在太好吃了，」她以紙巾拭去淚水，坐在她面前的瑞米伸出手掌，緊緊握住她的手。他們坐在餐館的一角，沒人敢上前打擾他們，時間就凝固了。

一心抽出她的手，把紙巾摺好。看著瑞米，開心地笑了。瑞米也受到她的感染，發自肺腑地笑了起來，「妳真的要一個人去?」他問，一心點點頭。

她離開瑞米，一個人駕車往校長家，沒和莊一起慶祝她媽媽的五十大壽。

她一回到校長家，走向媽媽，看到她在客廳插花，她平常穿著簡單，但今天換了一件洋裝，看起來像個年輕女孩，她把一盆牡丹花端了出來。

「除了玫瑰，我也喜歡牡丹花。」一心很欣賞媽媽的插花，她也認為媽媽是生活家，隨手拈來，都是美感。而且她很會唱歌跳舞，是個才女無誤，她給媽媽送上一片她的CD，唱片尚未發行，也不知道能不能發行，她把歌錄在CD上，上面寫著獻給媽媽，紀念母難日。

一心聽過蜜蜂爸爸說，她出生時腳先出來，是大難產，為此，母女差一點都沒命了，媽媽大量失血，到最後一刻才分娩。小時候一心聽說時並沒什麼特別感受，年齡稍長，她才知道什麼叫母難。

「莊怎麼沒來？」媽媽收下她的禮物，便泡起烏龍茶。

「媽，我不知道怎麼辦，我和他走不下去了，」一心坐下來喝茶，媽媽把一心的CD推進一個可以唱卡拉OK的音響，音響有點老舊，使得一心霎時覺得她唱的歌有懷舊的感覺。

她的媽媽不是一般人的媽媽，至少不是她聽人說起的媽媽，她從來不會指責她，總是耐心聽她把話說完，不會碎碎唸，現在，她仍然一樣倒了茶水，遞過給她。

「妳是不是怕做錯決定？」她媽媽很喜歡莊，也逐漸把他當未來女婿看待，「我看他對妳真的很好。」

「媽，我知道他愛我，我也是，但是我們的個性和興趣都不一樣，」一心表情有點茫然，「他雖然表面上沒反對我做什麼，但我感覺到他內心的反對。」

「他不要妳做什麼？」一心的媽沒想到女兒和莊相處有這麼大的問題，「妳自己也知道，妳是個孤拐的女孩。」

一心品茗，她知道這是她媽向鄰居訂的春茶，她的心思移轉到茶水的味道，「這茶有一點不一樣，雖然還是那麼清香。」

因為紀氏夫婦的兒子在山谷滑了一跤，跌下山去，送醫之後，腦已死了，一心的媽媽告訴她，「他們的生活裡有了大慟，對大自然也更加敬愛了。」所以茶葉的味道也不一樣了。

平常，她若有事不知如何解決，媽媽總是會陪她用香精來抓週，但現在媽媽沉靜地看著她，「妳有沒有想過自己到底要過什麼生活？」

一心告訴媽媽，她還不知道自己想過什麼生活，她喜歡唱歌，但不知道當歌手是不是她未來的職業，因為闖蕩了這些時日，覺得自己沒什麼特色。「怎麼突然謙虛起來？」媽媽半開玩笑。「不是謙虛，是沒自信，」一心誠實以告。她在摸索，找尋自我，但她覺得莊已經有既定的想法，他不想陪著她追尋，他反而覺得是一心該跟隨他，「好像很大男人的思想，」一心曾這麼想過，她看著媽媽。

她們聊了很多，一直到最後，一心才告訴媽媽，她好像愛上瑞米。「那個開餐館的瑞米？向我們訂菜的瑞米？」媽媽恍然大悟，「我還想過，為什麼他的事妳永遠不煩，最近也只提他。」

一心的媽媽知道瑞米的過去，「我不了解他，只感覺他不是壞人。」她開始思索這件事。

「媽，我應該相信我的直覺嗎？」一心問媽媽，但媽媽不知如何作答，二人沉默著，過了好一會，「寶貝，這個問題好難回答，我通常就是相信。」

「那如果我的直覺出錯呢？」一心走向牡丹花，想嗅出花朵的味道，她媽在她身後突然說出一句讓她回頭的話。

那也只能勇敢地面對了。

她很驚訝於母親的智慧，她向前抱緊了媽媽，沒再說話。

她媽起身去廚房做飯，她要一心去找校長聊聊。一心在小教堂找到校長，他一個人正在打掃教堂。

一心加入打掃，也拿起抹布抹著跪椅，她去旁邊打水，換了一桶新水，走入小教堂，看到校長坐在檜木跪椅望向十字架的身影，她放下水桶也坐在他身邊。

校長說，來這教堂的人不多，來的人多半都是家庭糾紛，族人糾紛，或身體病痛的，求神寬恕，「但偶爾有那麼一、二個人，會問我愛是什麼，」戴黑框眼鏡的校長看起來像個學者，又高又帥，「我不是牧師，是暫代傳道的身分，我真的無法告訴別人愛是什麼，」他拿出聖經，翻開哥林多前書，「要不要一起唸一段？」

愛是恆久忍耐，又有恩慈，愛是不嫉妒；愛是不自誇，不張狂，不做害羞的事。不求自己的益處，不輕易發怒……

一心跟著校長一起唸著聖經上的句子，一句一句，校長帶著輕微的口音，但一心字字都記住了，她有點意外，校長怎麼會知道她心裡的疑問。

「爸爸，我應該走歌唱這條路嗎？」一心依靠著他，她問了這個問題。

藝術我不懂，藝術家我也不認識，凡事我認為只要真誠地去做了，就對了。

但是，我不像您有堅定的信仰，我常常失去信心，看到問題。

那就先找到信心，穩固信心。

「我會向神祈求祂賜給妳智慧。」校長二話不說，便直接祈禱起來，一心跟著一起祈禱，他們一起說完阿們後，一心似乎從校長那裡得到了一些力量，她先是摀住臉，隨即放開手，笑了起來。他們離開小教堂一起返家用餐。

一心在路上告訴校長，「我的蜜蜂老爸越來越糟了，怎麼辦？他希望媽媽能回去和他養蜂種田。」

「我知道，我從來沒要求妳媽媽留下來，」校長好像覺得和一心談自己的私事有點難為情，「我反而勸她回去妳老爸那邊。」

他向一心做了一番解釋，原來，三個人要維持關係難免也有困難，母親最近面臨選擇，而校長雖深愛媽媽，他也不忍看到自己昔日的好友瀕臨毀滅，在他看來，那龐大的貸款毫無意義，重整蜂園農場的計畫用意良善，但只有莊一個人在執行，而地方政府若不協助，很快會崩堤。

「啊，爸爸，您這麼悲觀？」其實校長說出了一心的想法。

「這是現實問題，妳爸的借貸超過他的能力所及，而土地需要幾年的休耕，何況那塊地之前不是農地，妳媽非常擔心他負擔不起。」校長說其實他要求一心的媽媽回到她蜜蜂老爸那邊，但蜜蜂老爸卻做了一件一心的媽完全不贊同的事。

不必校長老爸說下去，一心也知道，何況她蜜蜂父親完全志不在蜜蜂了，他更喜歡到農會結交一些喝酒的朋友，一些原本務農但又嫌農務繁雜且只想賣地的人跟隨著他，讓蜜蜂老爸酒越喝越多。

「現在居然有人慫恿他利用這塊山地砍樹種電，」校長老爸的眼神正直誠懇，「妳媽已多次告誡他，要回到初心，一個養蜂人就應該回歸養蜂事業。」

二人回到住處門口，一心看著校長，拉住他的手，「爸，媽走了，誰來照顧您。」校長笑了，「身體最近好得不得了，不必擔心，真的不行也有養老院。」一心聽到這裡淚奔了，「爸，我不會讓您去養老院。」

三人一起吃過晚餐，切過一心買來的蛋糕。一心要離開前，媽媽告訴她，「人生有什麼珍貴的，我們一定要特別珍惜，我們都很幸運，擁有自我選擇的權利，好好做出妳自己的決定吧！」

一心終究明白了媽媽那麼多年深愛著校長的原因了，他給她全部的自由，包括離去的自由。

一心的演唱會只剩下幾天，她的行程表排得滿滿的，莊原本想去演唱會首演給她一個驚喜，但因選舉到了，砍樹種電的新聞鬧得沸沸揚揚，他不得不約一心趕緊回家一趟。

莊一向肯定蘇師傅是台灣真正的養蜂人，做為學徒的他跟隨師傅毫無怨言，他逐漸才發現，蘇師傅有意蓋一個蜜蜂博物館，把他買下的這塊地做成遊樂園，或許師傅原意良善，但他在幾個朋友的影響下，失去了初心。

一心回來了，她為父親辯解，「他只是想把養蜂種田的常識和都市人分享，所以選擇這種方式，」但莊認為那些遊說她父親的人眼見的都是利益，蜜蜂博物館的陳設和設施計畫也簡陋和可笑。

「你要是覺得可笑，那你大可不必參與，」一心大約知道莊的意思，但她賭氣地反駁。

「真正的博物館不是陳列幾張照片，擺一些蜂箱和釀蜜的工具，」莊想要好好地向一心解釋，但他很快又被一心打斷，「這是他和縣政府專員談的專案，你不是也在場？」

當初，莊是有一個藍圖，他的理想是澳洲一個養蜂人的莊園，那人在原始雨林裡建造了可以讓人來停留參觀感受的一處休憩地，他雖沒去過那個地方，但他在YouTube上觀賞了影片，可以想像那是什麼地方，而現在蘇師傅的計畫被縮水改變得很簡陋，他開始質疑所為何來，「就因為縣政府砍掉了預算，不是嗎？沒有錢怎麼實現理想？」一心說話的語氣緩和下來，她也知道事情不是她說的那麼簡單。

「我反對蓋蜜蜂博物館。」莊深思過這個問題，當初博物館申請書裡有許多內容都引述他的論文，他也覺得自己可以貢獻自己的所學，但才短短幾個月，事情發展便不一樣了，彷彿往另一個極端，他停了下來，改變話題，「一心，我們怎麼了？我們的生活怎麼辦？」他不要再和一心爭辯了，他甚至已經不理解為什麼是他留下和她父親打拚，而她和她媽偶爾才回來幫忙，當初他們追求改善自然環境的理想都去了哪裡？

「我說過好多次，沒有人要你留下來幫我父親，沒有人，」一心低下頭來，「我自己也不知道怎麼辦？我們的未來怎麼辦？」她看起來很堅強，雖然她的話脆弱無力。

莊只差沒問她「妳還愛我嗎？」這一句話，他問不出來，但就在這意念中，他意識到二人的距離，一陣子以來，他們的對話稀少，有的話也多是誤會，他們常常指責對方，雖然二人談的事情一樣，但方向卻完全不同。

看著低頭思索的一心，莊問自己，「我還愛著她嗎？」他的心也冷卻了，是什麼時候開始降了溫度？現在已冷到足以令他打哆嗦了。

買了山坡地後，一陣子以來，蘇師傅有了許多飯局和酒友，剛開始莊也一起出席，他是蘇師傅的愛將，未來的女婿，是一個有理想的文青，只是他不愛喝酒，別人對他有所寬容，但莊對他們感到不耐，「他們不過想從這個案子分到一杯羹。」

「莊，你太理想清高了，他們不過是凡夫俗子，每個人都要為生活打拚。」一心的說法這麼現實，或者，莊開始想，這麼的不現實？她沒看到她父親的自毀嗎？原來說好的理念可以為了錢改變？

莊最不能接受的是有人找了太陽能板的廠商進來，他們居然有過砍樹種電的想法，莊苦口婆心勸過蘇師傅，師傅也曾認錯地告訴過他，他不會這麼做。但不知什麼勢力影響了師傅，還有他的高利貸貸款，使他身不由己，莊必須搏鬥，他要離開的不是他師傅，而是這股惡勢力。

二人談話有了交集，至少一心聽懂砍樹種電的意思，她以為父親不會走上這條路，但現在有地方勢力出來幫忙化解問題，那些人是強烈反核電的人，他們支持太陽能。

「因為他們是太陽能板廠商那邊的人，」莊告訴一心，「太陽能很好，但以我們的情況不適合，不能支持。」

莊猶豫了一會，他一向以為，一心對這些大題目沒興趣，這是這一陣子以來，他第一次感覺一心坐在他面前，開始認真傾聽了。她說，「能源問題我不懂，難道要選天然氣發電？甚至核能，以核養綠？」

莊開始訴說他所知道的大自然生態和能源問題，像個老師在教學生。一心讓他說，她第一次覺得她早應該聽他說。

「這塊土地原來也不屬於我們，」因為這裡是從前原住民部落周邊的活動空間，「其實是大自然擁有我們，而非我們擁有大自然，我們，不管是誰，都只是大自然的暫時管理者。」一心靜下來聽，她不再反駁，只靜靜地思索莊的道理，「但就算我懂得，不一定別人就懂得。」她發自真心地說。

「總要有人開始，」莊說，這是為什麼他無法繼續蜜蜂博物館的計畫。他告訴一心，數百年前，部分泰雅族人從台灣中部山林向北遷移，分散定居於北台灣山區，其中有一個族群進入宜蘭，就在南澳鄉和大同鄉，而宜蘭南方的山區都有原住民出草的哨站，後來更多平埔族人定居在三星鄉這一帶，但越來越多的漢人及資金進來，也迫使他們必須流離失所。

從日據時代起，日本政府驅離了各地的原住民，利用他們出入的土地栽種蔗糖，目前這塊山林雖不屬於這個領域，但是國土計畫法一直還沒通過，「我擔心環境破壞和利益衝突，將來或許會造成土地亂象。」

「我們真的不應該在這塊山坡砍樹種電，」莊還繼續說，「我要先搬出你父親的農舍了。」他說得像賭氣，但他並不是。「你要住哪裡？」一心彷彿知道這是遲早的問題，她溫馴地看著莊，沒有任何反對的意思。

「我還不知道，但妳可不可以幫我勸勸蘇師傅？」一心對一陣子以來自己只關心唱歌事業，成天只想著成名與否，感到愧疚，她說，「我懂，我會試試看。」

「我沒做什麼，原來我便是師傅的學徒，只不過最近才察覺他的路走偏了。」莊的心情沉重，雖則他知道這個時刻到了，他的說辭已經說明了他的告別。

「你要離開我們嗎？」一心不敢用我當主詞，她還不知道莊的下一步。

「讓我們先說服蘇師傅把這塊地賣掉，償還那筆巨大的貸款，好好回到釀製蜂蜜，我們會找到更好的路，」莊略感安慰，因為一心終於明白他在說什麼了。主題有關離開。他說的是我們，我們會找到更好的路。

二人在這一次談話中，明白已分道揚鑣了，本來是同一林子裡的二隻鳥，自由自在，並沒有災難發生，只是平地一聲雷，各自飛往不同的方向。他們曾經是一體，而愛情是至高無上的，或許他們都把愛情看得過於神聖，但他們並不在愛情裡，他們只活在愛情的想像中，只在規劃未來的日子，而從來沒想到：現在呢？

兩人面對面的現在。

儘管莊還不知道他會搬去哪裡，但他不住在這裡了，此時此刻此地，他惋惜地看著一心。一心心情有點複雜，因為和莊分手，她擔心蜜蜂爸爸無法承受，甚至走更多冤枉路。莊似乎了解她的為難，他告訴她，「不要擔心，我雖然搬出去，但我以後還是會和師傅合作，一日為師，終身為父。」

他們真的走不下去了，他從來沒想過要和一心分手，也不想和她分手，只是遇見江詠雲後，他的人生風景不同了。

他現在開始覺得就算他自己一個人也沒那麼糟，生活還是會繼續。

一心坐在他面前，她低思了一會，然後，她靜靜地看著莊許久。

第廿四章——

莊告訴江詠雲：

或許人生就像小說一樣，

結束這一章，才能進入下一章。

江詠雲很小就愛縫紉，最初是為洋娃娃縫補衣服，後來她為她接合了臂膀，再後來，她為她縫了一個妹妹。她也養成鉤毛線的習慣，每當她心情紊亂時，她就鉤起毛線，先是圍巾，再是帽子和襪子，「她的手算靈巧吧，」江詠雲的媽媽戴著她鉤的帽子出門，別人發出讚賞時，媽媽略為得意，「就不可以再幫我打一件毛衣嗎？」回家後她也曾這麼問。

江詠雲把好多心情縫進那些衣物裡。瑞米在監獄時，她用毛線鉤打了一件毛衣給他，她媽媽原以為是為她而打，但逐漸地，「尺寸是不是弄錯了，我的肩膀沒那麼寬？」後來媽媽不再說話，對毛衣也視而不見，毛衣完成後，江詠雲希望媽媽轉交時，「不知道他們收不收這麼大件的東西。」

那件毛衣因此收在一個箱子裡，她前一陣子把它從箱子拿出來時，還計劃有一天應該送給瑞米，但她也知道這一切有點人事皆非了。

她現在有空倒是在為父親鉤襪子，她知道他的尺寸是四十二，她沒告訴他這件事，他們一向沒有什麼對話，有的話，「妳回來了？」或者，「爸，那我走了。」她為他選了赭紅色，希望帶給他喜氣。她父親現在多半把時間花在甩手功和參加爬山，他在家時唯一做的事是用書法抄寫佛經。

他寫過近百遍的金剛經。他還是容易衝動生氣，但他轉個念，每每不到幾秒鐘，他又安靜下來了，他不再提起過去，也不看政治評論或名嘴的節目，理由之一是他不想再看見瑞米的老爸，瑞米老爸仍然在政界服務。還有，他真的對時事不感興趣了。

江詠雲的媽媽把大部分的時間都用在照顧丈夫的健康上，她研究健康食譜，陪他練功，接送他爬山，偶爾也會和他一起散步，不過，她仍然對江詠雲時總是有一番大道理。

「做一個男人需要的女人，而不是一個需要男人的女人，」她深信這個句子無誤，她自己也奉行，關於這個大道理，江詠雲心服口服，「嗯，」她只能這麼回答。

他們不知道她後來的情感生活。他們以為她一直還愛著瑞米，或者，以某種形式還愛著，她媽媽會側面打聽，但她沒什麼回應，瑞米，這是她的生命里程碑上的名字，她把毛衣用木衣架架好，掛在父母家房間的牆壁上，當做一個藝術品，那件毛衣上曾經有過她的眼淚。

她在縫合衣物和衝浪間度日，用她賺的錢買又了一架二手可以繡花的縫紉機，她的記憶夾克訂單已經夠她忙好一陣子。

麗莎搬去男友處後，最近有一天告訴她，「我想搬回來，我想維吉尼亞．吳爾芙是對的，每一個女人都需要一間自己的房間。」江詠雲很意外，「妳和他住的不是二個房間的房子？」

麗莎帶著狗兒來找江詠雲，在她的敘述中，她的男友不是不愛她，或者，他太愛她了，使她感到窒息，他易怒易妒，又必須隨時掌握她的行蹤，「這分明是恐怖情人，」她的結論，所以她不但不會結婚，她甚至想搬回來和江詠雲住，「還是我們在一起比較開心。」她們在一起真的開心，總是有說不完的話題，江詠雲曾經想過，或許，她們二人才是真正的伴侶，即使沒有性生活，或者，她應該和麗莎嘗試性生活，她曾被這個想法嚇一跳，但她思索了一陣子，她應該不是同性戀，如果她是，她應該早就和麗莎發生關係了。

她沒和麗莎談到這些，她們去城裡買線和鋪棉，江詠雲在那些縫紉用品店裡總是流連忘返，麗莎也是好點子不斷，「那就這樣子，我下週末要把東西搬回來喔，」她要離開前放下這句話。江詠雲買了珠針，車針，還有一些手壓線和刺繡段染壓線。

「妳要早一點，下週末可以淨灘。」江詠雲答應她，但她心裡更希望她們去淨灘以及衝浪，她好久沒做這件事了，「好，好吧，」麗莎不情願地回答。

江詠雲和莊約在市區一家咖啡館，麗莎陪著她等，她想打聲招呼再離開，結果莊遲到了。「哈，我不接受任何遲到的男人，」麗莎開始問起莊的事，江詠雲說，「我也不太認識他，但他給我安全感。」麗莎知道莊並沒有固定工作，「只不過是個窮文青吧，」她知道他正在找房子，「妳不要讓他搬進來唷，」她千交代萬交代。「怎麼會？我還沒想過這件事，」江詠雲的人生豁然開朗了，因為和麗莎在一起再開心，但在說話的同時，她更想和莊在一起。

莊匆匆趕到，麗莎客氣地告辭，走時還跟江詠雲做了一個約定的眼神，應該是告訴她，「遲到的男人不是好東西，」或者，「千萬別和他太快走得太靠近。」莊倒是對麗莎印象不錯，「還好，她願意陪妳。」他為他的遲到道了歉。

莊是因為臨時找到了住處，必須簽約和付押金，因此耽誤了一些時間，「房子真的很棒，我想妳一定會喜歡。」莊還不知道這是交往的邀請，江詠雲卻這麼覺得，眼前的男人總是給她安心的感覺，而她懷疑自己的好運，因為她從來沒有過這種感覺。

愛，便是不必等待。她覺得法國哲學家羅蘭·巴特在《戀人絮語》中所說的經典名言不合適她，和莊在一起，她不再是等待的一方，除了這一次的意外，他總是在那裡，彷彿為她存在，為了她的呼喚。他是港口，她靠岸了，不想再離開。

江詠雲也有許多九宮格的訂單，除了做記憶夾克，她的創意已經到了拼貼照片的拼布縫合，她正在嘗試古典大師維梅爾的作品，技巧是拼布的尋找，以及連接處間隙的縫合，這正像她和莊的對話和溝通，她可以和他延續任何談話內容，週末和他去衝浪。

幸運之神眷顧了她嗎？

她和莊清山，淨灘，種樹。他做的每一件事她都覺得是應該做的，他努力的方向和她一樣。雖然，麗莎說的也沒錯，他只是一個窮文青，麗莎曾丟下一句話，「希望不要發酸就好。」

麗莎對莊總是有些敵意，或許她有點不悅，因為莊對她似乎完全沒興趣，這稍稍傷及她的女性自尊，但更多的是，她像江詠雲的姊妹，她怕莊經濟條件不好，造成江詠雲的不幸福，更有，她也擔心莊從此占掉了江詠雲的心，她會失去一個珍愛的好友。

「難道妳希望我還在懷念教授？」江詠雲的玩笑裡有些自嘲，麗莎沒再說什麼。對江詠雲而言，她愛一個人，首先她得尊敬他，而她一樣尊敬莊，知道他有理想抱負，而且那並非凡人的抱負，可能在麗莎的眼裡，莊過於擇善固執、節省，甚至過於理想化，「他一天到晚只想著種樹，從來沒想過要賺錢？或至少找個工作？」麗莎說她不會選一個沒有工作的男人。

「但他有工作，他有他的部落格。」江詠雲不太同意，她說，「我們也都是沒有工作的人。」麗莎立刻狡辯，「我們不一樣，我們是藝術家。」談話到此結束，但江詠雲最後說了一句，「我們的觀念相同，妳忘了，現在是誰和我一起淨灘？」

巧合的就在這之後，莊告訴江詠雲，他已經答應了一個農會的工作，工作性質是他喜歡的，記錄土壤的變化，包括沿著海岸的藻礁。江詠雲好意外，在短暫的時間裡，莊推翻了麗莎所在意的細節，他不但不想搬進江詠雲的家，而且立刻找了一份工作。

「至少他及格了，」麗莎沒有再花時間和江詠雲討論莊，反而是她擔心她的恐怖情人會對她造成什麼威脅，還有，她又在 Tinder 上認識了一個男人，她應該去哪裡偷偷和他見面。

「Tinder？」江詠雲不知道麗莎還有時間玩網路交友。「我本來就很 Tinder，反正也是滑手機，」麗莎要見面的男士將專程由冰島雷克雅維克來找她。「一個火山區來的男人，帥得像金鋼狼，自己還擁有一間酒吧，」麗莎把手機照片拿出來給江詠雲看，「金鋼狼？我覺得更像強尼・戴普吧？」江詠雲認真地看，「他有什麼缺點？」

「目前沒有，」只是他的照片都在酒吧拍攝，從來沒在家裡拍，「我不知道他是否有個像樣的家，以及我不知道他是否有家人？」

麗莎一直沒有和冰島的火山情人見到面，不久，二人也不再通訊息了。而江詠雲倒是天天看到莊，在他搬進他自己的房子前，他寫訊息給江詠雲，「我和一心分手了，但這不意味妳必須為這個決定做什麼。」

江詠雲明白他的意思，莊不想給她任何壓力，但他自己已經做好準備，他不是三心二意的人，他更不喜歡腳踏兩條船，「我只想讓妳更自在。」

他們談話的時間越來越長，江詠雲從來沒有這種經驗，莊好像總是明白她在想什麼，她的作品，她的過去，她的夢想，她具體夢的內容。

他們不停地向彼此訴說。

他們談了亞歷山大，但更多是晴子。江詠雲也關心晴子究竟的下落，她問了莊好多有關晴子的問題，包括她的家庭和嗜好。

在莊的口中，晴子是一個內向的A型女孩，她很聰慧，機伶，他曾經聽過她做的學期報告，全程用中文，發現她能言善道，但他也知道，她有許多內心話不輕易向人訴說。晴子是一個既感性又理智的人，非常早慧，小時候畫的畫就有名家之風，她沉默而真誠。

「一個完美的女友？」江詠雲說時幾乎沒有嫉妒心，而只是好奇。「她想事情想得比較多，也比較深。」如果莊真的深究，他會認為晴子過於悲觀，那也是為什麼她得過憂鬱症，她喜歡過於曲折的情節，但是她的行為又有些矜持。

已經十年了，莊還在網路上搜尋晴子的下落，「你怎麼搜尋呢？」江詠雲想像十年對一個女孩會有生理變化。她和晴子一樣都卅歲了。

「我注意她的同窗好友的動態，包括她的兒時朋友，或者在台南認識的人，」莊也坦承，「他們的生活越來越無聊了，結婚、生子，之後很多人沒什麼動靜。」

「晴子有可能還活著嗎？」江詠雲知道莊真愛過晴子，她更想知道的是莊的內心世界。「警察局到今天都沒給過晴子的死亡證明書，」莊幾年前便放棄了向警方打聽消息，「她是一個失蹤人口，有個號碼，如此而已。」

莊知道晴子母親也是重度憂鬱症患者，她的家族多少有精神方面的疾病，他卻希望她還活著，「至少她活在你心裡，」江詠雲告訴他。

那是唯一一次也是最後一次討論晴子，莊有意如此，他不曾和一心提過太多晴子，現在他更不該和江詠雲說，他知道他不能再提這個名字，正因為她活在他心底，而他眼前愛上了另一個女孩。他不需要比較，他知道他愛江詠雲。

莊曾想過去參加晴子父親的葬禮，或許這是埋葬一切的時間點，但他就在此時認識了江詠雲，他的日本行因此劃上一個問號。「我陪你去參加她父親的葬禮吧？」江詠雲竟然向他提議。

那時二人坐在烏石港的岸邊。莊很感動，他看著江詠雲，也看向海浪，他說，「我已經向他的親人表達我的悼念了，」他是向醫院打聽晴子父親大妹的電子郵件，也認真地用日文寫了悼念文，他也打過電話給晴子在台南的姑姑，「我現在更想和妳一起做點點好的事。」

江詠雲微笑地點點頭，「好啊，什麼事？」微風輕輕拂過他們，陽光、溫度都適宜，這是適合戀愛的季節，「那不，我們現在就來淨灘？」莊開玩笑，以頭示意著海灘。

「好啊。」江詠雲也開玩笑地回答，二人一直坐在岸邊，莊坐近江詠雲，並用手環抱著她的肩，「能不能再等一下？」他們看著天空有一個降落傘在遠方慢慢降落，他說。

而海水是那麼蔚藍，平靜，晴空萬里。

第廿五章——

麗莎記得莊的一句話：

也許，只有在失去愛的時候，

我們才知道愛是什麼。

江詠雲陪莊去參加一心的演唱會，她和莊之間一切都自然發生，沒有任何懷疑。是一個地下室的大滿座，他們站在人群最後排，一起聽那首一心為莊寫的情歌。那首歌也是演唱會和CD的主打歌，現場一陣哄動，編成饒舌的曲風使得群眾都跟著舞動身體。

麗莎終於趕到，但因為人多，已經被擠到門口外面了，她傳訊息給江詠雲，「媽的，她怎麼可以唱得這麼好聽？」

演唱會無疑是成功的，莊又再度面臨一個問題，他要擠過眾多群眾到後台恭賀一心，他告訴江詠雲，江詠雲立刻鼓勵他去。她自行前去和麗莎會合，「她很美，但妳更美。」麗莎這麼安慰江詠雲，「我不會相信妳，但謝謝妳的好心。」她們走出演唱會，站到路邊角落聊天。

莊靠近一心時，場面很多人，一心立刻上前擁抱莊，並對經紀人小林說，「這首歌是為他寫的。」莊也緊緊地擁抱著一心，他為她高興，真的為她高興，一心把他介紹給好多人，其中一位是瑞米，在一心的介紹詞中，莊自然知道她與瑞米的關係，「他就是Rémy，」她只是這麼說，只是提及他的名字，但這就足夠，莊向他打了招呼，便告別了一心，他在人群找尋江詠雲，遍尋不著，感覺有點焦慮，他不確定自己在焦慮什麼。

遠處，他看到瑞米和一心開心地笑著，他快步走出現場，上了樓，在路邊看到江詠雲，他才心安地踱步過去。

「你祝賀她了沒有？滿成功的演唱會，」麗莎很快地提到，「你要不要去陪她，我們可以先走。」她看著江詠雲，但江詠雲不同意。

「我祝賀她了，我們也分手了。」莊說時只看著江詠雲，「我們要不要去哪裡喝一杯？」

他們去了一間大學附近的啤酒屋，三人聊得很開心，麗莎對莊的印象好轉，他們聊到網路交友的話題，「所以你是常客？」麗莎突然反問，莊立刻回答，「不，我不玩網路交友。」但莊認為網路交友並沒有錯，何必為此戴大帽子。

莊提到有新的交友網站，功能雖和 Tinder 一樣，不喜歡的人就能滑過，但若配對成功，只有女生有發話權。麗莎看了莊一眼，「我沒有性別取向，」她說時江詠雲又嚇了一跳，她知道麗莎交遊廣闊，但不知道她在性別議題上也這麼寬。她不敢發問，原來她這麼不了解自己最好的朋友，心情既驚訝又有一絲慚愧，好像自己不夠關心她。

「我還是喜歡男人，」麗莎並不想討論這個議題，在轉移話題前，她說，「雖然整體而言，我覺得女性在心智及靈性方面普遍高過於男性許多。」

那個晚上，麗莎和江詠雲回家，莊自己返回住處，在車上，麗莎告訴駕車的江詠雲，「我覺得這個男人真的愛妳，看得出來。」

江詠雲開心地笑了，「為什麼妳今天晚上不敢回去，情人已經那麼恐怖了？」她問。

「真的恐怖了，」麗莎認真地說，「我週末就搬回妳這裡。」

幽暗的海岸線上的路，江詠雲只看見柏油路上一條條白線一直迎面而來，她想都沒想就說，「好啊。」她不會拒絕麗莎，也不會拋棄她不顧，就在那一刻，她這麼決定，雖然她已經愛上了莊。

她們談起一心的歌真的好聽，她是成功地走上了歌唱事業，至少某一種形式的，「她和莊是不適合嗎？還是他們需要的是磨合？」江詠雲心裡對莊和一心的關係有個問號。那畢竟和晴子不同，因為一心是活生生剛剛在她面前唱歌的人，她知道莊和一心相處有問題，但不太明白是什麼問題。

「都有吧？」麗莎看著窗外，想了好一會，「也許莊也可以過來幫我把東西搬回來？」

「好，我問他。」江詠雲知道麗莎要和恐怖情人分手了。

「我感覺一心是個外向的女孩，點子多，興趣多，和莊不太一樣，莊和妳一樣，比較內向。」麗莎的手機不停地響著，她看都不看，就把手機關靜音了。

「個性不同的人不是可以互補？」江詠雲說得很平靜，麗莎想都沒想，便說，「天曉得，這要問他們二人，感情的事只有身處其中的人才清楚。」

江詠雲溫柔地看著麗莎，「知道，那妳自己還好吧？」她們已經抵達海邊的別墅了。

「我還好啦，上次我留下來的那一瓶白酒還在嗎？」她開了車門，問了一句。

「那一瓶是哪一瓶？」江詠雲看她下車，笑了起來。

那是半夜了，江詠雲找出「那」瓶白酒，但麗莎堅持年份不對。她看到工作桌上一件夾克，「是為莊做的？」麗莎嘟嘟嘴，「妳一看就知道。」江詠雲倒了酒給她。

麗莎喝了一杯勃根地後告訴江詠雲，她最近認識了一個英國華裔男人深深地陷入不可自拔的狀況，「為何要自拔？」江詠雲逗她，「因為他已婚，有二個孩子，下個月就要回倫敦了。」原來也是一位被派來竹科的工程師，「那就跟隨他也去倫敦如何？」江詠雲隨口地問。「不可能，誰會專職做小三？」麗莎又給自己倒了一杯酒，「不過，我會給他一點時間，他說他很快會再來。」那位華裔紳士可能又在訊息麗莎了，她的手機訊號聲又響了，「因為他時時刻刻都在想著我，」麗莎得意有一些，難過也有一些，「真希望他留下來，不要回去。」

二人又像剛搬來的那一年，東聊西聊，彼此都覺得是世間知己，「麗莎，妳剛剛說是因為孩子嗎？」江詠雲喝了酒鼓起勇氣追問。「那些都不重要，妳的腦筋打不開才是重點。」麗莎像上哲學課那樣告訴江詠雲，「會不會覺得妳的問題狹窄了些？」

江詠雲也立刻回應她，「你以前嘲笑我愛上英國教授，又怎麼說？」

「哈哈哈，」麗莎大笑了好多聲，「嗯，畢竟是好友，妳的回答真好。」

酒喝完時，天都快白了，江詠雲都不確定自己和麗莎為什麼各自躺在客廳的地毯一端睡著了。她醒來時，除了看著還在睡覺的麗莎一眼，眼光就移至那件為莊而做的夾克上。

一道金黃色的陽光灑了進來，照在夾克上，那件夾克快完成了，應該會是一件接近完美的作品。

莊在礁溪山邊找到一個房子，他不是靠仲介找到的，他是路過，他在所有他喜歡及沒人住的老房子裡留下一封自我介紹信和電話號碼，有一個年輕人回電給他，那是那人祖父母的房子，但他和父母早已移居加拿大，他們不願意出售祖產，因此歡迎莊住進去，莊願意整修，他們也可以租金抵銷，供莊做一些房子的改善。

莊做的最大的改變便是拆掉老舊的屋頂，裝上一片太陽能板，屋子的陽台，剛好面對龜山島，一整片海洋。

莊在房子周邊早已種了許多樹，他的新居位於斜坡的路邊，他一個人默默地工作，計劃著邀請江詠雲過來看海景。

一個下雨天，他來到三芝找蜜蜂師傅，幫他將蜜蜂分罐，「我不會置你於不顧的，」他告訴師傅，他很開心地知道，自從師傅賣了地，還了高利貸，他的老婆也又恢復原來的打算，每個月都回來和他共同生活了，他的酒少喝了很多。

一心的媽媽和他一起分裝蜂蜜罐，她告訴莊，「我是盼望你和一心在一起，但是事與願違，你一定會找到更好的女孩。」莊不介意她這麼說，一點也不介意，他問，「什麼是『更好』的女孩？」

一心的媽媽和莊談了很多，她說，她以前一直覺得古代社會裡，愛情只有兩種，最常見的就是媒妁之合，再有的就是公子騎馬在後花園瞥見女嬌娘，但後者常因父親反對，二人相愛只好私奔，古代的女性活動空間很少，後花園也不是公開的地方，女性最多也只能去市集或廟會，所以大多數的婚姻都靠媒妁之合，而媒妁之合最重要的事情便是要合八字，「如今我有一定的歲數了，我覺得這些數字仍然有足供參考的空間。」譬如莊的星座和紫微斗數和一心確實是不合，這也不能說不相愛，也不能說不適合，「你們是個性不合，」

一心的媽媽帶著安慰的神情，「她是一個漂亮又聰明的女孩，但她在你面前卻缺乏自信心，她似乎覺得她自己不值得你的愛。」

這席話像超高的海浪席捲過來，他被衝了下去，「我從來認為一心在各方面都遠遠超越我，她幾乎就是女神。」他囁嚅地說，也覺得和一心的媽媽談這些很不自在。

「我不相信星座和算命，我覺得世界上千千萬萬種人，每一個人都是獨特唯一，不會和任何人相同。」莊甚至覺得偶爾在報刊網路上瀏覽的占卜訊息都很可笑，諸如巨蟹座今年有財運，金牛座年底可以嫁出去了。但說到他個性與一心不合，這他倒沒話可說，「我覺得離開我，她會更好。」他只能這麼告訴一心的媽媽，「我擔心的是今年的龍眼蜂蜜，希望能賣個好價錢。」

「我不知道一心下一個對象會不會像你待人這麼好。」一心的媽媽拿出一瓶香精，她嗅聞了一下，要遞給莊，莊搖頭婉謝了。「我還是不習慣芳香治療，我不是如妳想的那麼好，我很有耐心，但可能太內向了。」

「內向有什麼不好？校長就是一個內向的人，我覺得內向的人更會自省，做事更有凝聚力。」她在說話時，蜜蜂師傅踱步過來，中斷了她的思路。「都灌好了？這一批是最好的一批了。」蜜蜂師傅提醒莊，「一心等一下就要來了，你留下來吃飯吧！」

「不了，我和人約好要去淨灘，」莊以行動告訴師傅，他和一心已經越走越遠了。

他把他種的銀杏樹移植到他現在住處門口，以此紀念晴子，他在淨灘和收拾垃圾時曾經拾回好幾把椅子和板凳，他全做了改裝和油漆，置放在他的房子裡，他想像江詠雲來拜訪他，並且有可能在這裡住下來。

他站在屋子右邊的陽台上，眺望著大海，這世上有什麼比此刻更好的？他拍了照並傳了訊息給江詠雲。

「芬多精，」江詠雲立刻回覆他，「待會見。」

他們又側行在北海岸清潔海灘，收拾旅客留下來的垃圾，清理垃圾最麻煩的部分是分類和回收，因為江詠雲的貼文，自願來幫忙的人越來越多，莊聯絡了清潔隊和大家分工的方式，他們因此更有效率地清理了北海岸一些海灘。

「你們真是帥氣又美好的一對，」那一天的海灘上有人這麼對他們說，並且要求和他們合照，莊不喜歡照相，他勉力為之，有人要求他抱起江詠雲，輪到江詠雲害羞了，莊反而乘機抱起了她，眾人呼叫起來，手機紛紛按下。莊放下江詠雲，並且同時吻了她的臉頰，「哇，」大家又歡叫起來，「再來一個，再來一個。」

就在同時，他還來不及說話，江詠雲便親了他的臉頰，讓他忍不住回吻，但礙於歡呼聲，江詠雲害羞地迴避了。

第廿六章——

多年後，老柯問起瑞米和江詠雲：你們真的不是一對戀人？

這麼多年，這是他們的第一次，就在瑞米創建的餐館，他做了芋泥鴨和幾道家常菜，他父親第一次來到這個餐館和他妻子坐了下來，他仍然面色有點嚴肅，「你看這餐館是不是很讚？」瑞米的外婆滿意地看著每一道菜，是她故意安排要女婿來此一趟，她騙了瑞米的父親，沒告訴他吃飯的餐館就是「瑞米餐館」。

「蠻有名的，我聽說了，」瑞米的爸爸下箸了，他的面色緩和些，多年不見了，他看了瑞米一眼，「你曬黑了。」他吃了一口鴨肉，看了一眼自己的老婆，瑞米的媽媽似乎原諒他了，這麼多年，他們二人也不怎麼對話，她一直和媽媽默默支持著瑞米。

才吃了幾口，瑞米的爸爸停下筷子，「很好吃，」伺候他用餐的瑞米正在為他倒一杯紅酒，他正像廚師那樣，解釋了那瓶紅酒的年份，這是台灣產的紅酒，酒莊就在餐館附近，他最近才發現，「一點都不難喝，」瑞米的爸爸也就喝了一口，「搭配得很好，」他也像品酒一樣搖了一下酒杯，嚐了一口酒，「坐下來一起吃吧！」他終於說出這句。

瑞米的外婆立刻示意瑞米坐到她身邊，茂松出來為他們繼續服務，瑞米的爸爸不停地為妻子夾菜，這一幕讓瑞米的外婆很開心。瑞米的父親在回家的路上告訴妻子，「這麼多年我也努力和那人老爸的敵人成為敵人，」他要說的是，他私下為兒子做了許多，這些他的妻子並不知道，第一次聽說，「他兒子一直想報仇，怎麼辦？」

瑞米的媽媽理解老柯的父親在去年選舉的時刻倒戈，他和她丈夫反而形成一種合作關係。敵人的敵人就是朋友。

雖然瑞米的母親和外婆都反對，但瑞米還是決定面對，他透過昔日的校友聯繫，老柯的回覆是要他和江詠雲一起過去道歉。

瑞米詢問了江詠雲是否願意和他去向老柯道歉，「如果道歉可以解決他汙名餐館的事，我願意。」江詠雲兩天後回覆了瑞米。

老柯給了一個地址，就在宜蘭一家旅社門口，瑞米研究了旅社的名字，知道現在是老柯父親的名下，目前由他經營，他和江詠雲約好在餐館見，他載她一起去。

江詠雲不認為有什麼道歉的必要，但她希望瑞米好，願意為他做點什麼，瑞米和茂松討論後，決定赴約，但他得保護江詠雲的安全。旅社剛剛重新裝潢，大廳無人，他要江詠雲坐在車內等，瑞米走了進去又走了過來，他訊息老柯的聯絡人，「你和她一起進來，」對方這麼說，又寫了一句，「進來吧，沒事。」

瑞米和江詠雲走進空曠的旅社大廳，左手邊有一間辦公室，裡面跑出一個中年男子，「大廚師，這邊請，」在辦公室裡，老柯坐在辦公桌前，要他們坐沙發，他站了起來，氣氛似乎有點不祥，瑞米已經開了手機錄音茂松可以線聽取，「我想知道你們這麼多年是怎麼過的？」老柯和他的職員坐在沙發上，「這是老李，」他介紹了那位員工，想請瑞米給一點餐館經營的意見。瑞米鬆了一口氣，他告訴老柯他的簡版故事，總之，他向老柯道歉。

「妳呢？」老柯問江詠雲，「妳過得好不好，和他在一起快樂嗎？」他盯著她。「我們不是戀人，我和大家一樣，都走過一段路。」江詠雲也輕鬆了許多，她原本感覺她和瑞米正在面臨黑道，可能會有槍殺。

老柯有點驚訝，他說，「你們講話有點異國腔調，雖然都是普通話，但你們去了國外，講話內容和一般人不同，」而他和他們不一樣，「我很台，」但他說完又露出驕傲的表情。

「你們不是一對戀人？」他故做鎮靜，聲音像自言自語。

「不是，」二人幾乎同時脫口而出。「我向你道歉。」瑞米記得外婆的交代，外婆還告訴他，必要時跪下來。瑞米從未沒想過下跪這件事。

老柯打開襯衫的鈕扣，他把衣服脫了，讓他們看了他胸口和手臂上的傷疤，他的上身幾乎布滿了刺青，但傷疤仍然看得出來。他的胸膛上有山有水，還有飛鳥，「這是我們宜蘭。」

老柯把襯衫穿好，思索了一下，要老李留下瑞米的聯絡辦法，「你盡量給我們餐廳菜色來點意見吧！」他似乎沒有惡意，只像個謙虛的生意人，「如果可以，幫我們設計菜單，來給我們上個幾堂課？」瑞米答應了，他們的談話因此結束。

老柯要老李招待瑞米和江詠雲去做按摩，江詠雲面露難色，老柯說，「不然你們可以體會一下我們的溫泉魚？」瑞米和江詠雲最後勉強坐在溫泉池上，一群小魚湧上來狂吻他們的腳，江詠雲大約坐了三分鐘，「我想，我有密集恐懼症，」她打算離去，瑞米也站了起身，老李立刻陪著他們，「要走了嗎？老闆還想好好招待你們。」

瑞米和江詠雲百思不解地離開了老柯經營的旅館，也不知是否其中有詐。在送江詠雲回家的路上，瑞米接獲茂松打來的電話：我們得了米其林一顆星。

瑞米告訴了江詠雲這個好消息。

第廿七章——

江詠雲告訴莊：因為縫繡衣服，我瞥見了你的靈魂。

麗莎搬回海邊別墅，她正式和華裔人士李亞琛交往中，她是認真的，「現在你應該很後悔妳以前總是嘲笑我吧，」江詠雲知道對方仍未離婚，暫時無法開英國。

「誰多上心一點，誰就倒楣，」麗莎對這段感情做了結論。「那明顯的，妳上了多一點的心了，」江詠雲聽過許多李亞琛的事，她簡稱他為紳士，她鼓勵麗莎讓紳士搬來台灣，「不太可能，」麗莎也曾這麼想過。

但英倫情人來了，也住進海邊的別墅，這個人高大，英俊，健談，對人又十分體貼，談話內容也很有趣，「應該沒有缺點了吧，」江詠雲問麗莎。

「如果不去想未來會如何，這就是完美的愛情了，」麗莎很開心地說，只是，說完也嘆了一口氣，「我真希望他可以在台灣定居。」

江詠雲花更多時間和莊在一起，也讓麗莎有多一點空間和情人相處。她把那件為莊縫製的夾克另掛在她的工作室房間裡，房門沒上鎖，英倫情人一看就說喜歡，他問麗莎，「這是一件愛情衣裳，」麗莎告訴他，「這一次我希望她遇見對的人，從此擁有幸福。」之後，她和英國情人陷入長長的纏綿，然後，他們帶著狗兒在海灘散步，「妳知道我目前無法在這裡長住，雖然我非常愛這裡，我也非常愛妳。」李亞琛緊握著麗莎，並且在她頸上獻上一個吻。

「我知道，」麗莎看著絢爛的夕陽，她的狗往前奔去，她很溫柔地回看著情人，「我知道，此刻即是永恆。」

江詠雲住在莊那裡，和他一起整理老房子，他們重新上了江詠雲喜歡的油漆，米色，米黃色，還有一間是粉紫，「我覺得這間房子在歡迎妳，不，我覺得整棟房子在歡迎妳，」莊肯定地說，江詠雲笑了，「我也這麼覺得，」她把都是油漆的手套擋住莊的臉，「要不要搬來，我還要想一想。」莊順勢抱住她的腰。

她把她的下一步計畫告訴莊，她想在鎮上傳統市場旁找尋店面，繼續做她的縫紉和設計工作，她的想法是設立一個可以供多人一起工作的縫紉坊，大家可以隨時來討論編織和縫紉。店裡應有盡有，舊衣，新布，縫紉工具，鈕扣拉鏈，各種衣飾所需都會俱足，雖然做的是女紅，但也歡迎男性來參與，任何人走進店裡都可以開始縫製屬於自己或自己屬意的人的衣物，她也就成為和他們一起激發創意和督促他們完成作品的人，「好有創意的想法，」莊大感興趣，「我不但第一個加入，我還想幫妳推動這個想法。」

莊去冰箱取了飲料，二人坐在餐桌前又聊了許多，「我幫妳把店名想好了，」莊說，然後拿出筆記本，寫下四個字：詠雲縫衣。

他們做了店面的規劃，包括尋找店址，店面的裝潢，縫紉機器的購買，二人沒有投資經驗，他們把想像的金額寫下，江詠雲覺得這真是無比開心的事，可以進行一件心裡想做的事，而且身邊還有一個人陪著做。

江詠雲隱約覺得自己的人生走到一條不同的路了。從前，她總是羨慕那些成雙入對的伴侶，看到他們一起努力合作，共組家庭，她都覺得是奇異的力量，但現在她便擁有這樣的恩典，她再也不必擔心對方究竟在想什麼，是不是愛她，他突然消失是什麼意思，甚至他還有的家庭。現在，她看著莊純淨的雙眼，看進他的靈魂，原來她一生在等待的人便是他，而他已經出現在她面前。

多麼奇妙的相遇，這就是了，這就是愛情，真令人難以相信。

莊積極找了農會的會計同事來為此事算計投資成本及投資報酬率，好心的同事下班後給他們上了兩堂課，麗莎也想參與，「前兩年不可能回本，」莊農會的會計同事提醒他們，並把數字一一列表呈現。

「你們不能排除我，」麗莎對江詠雲說，這原本就是他們的理想，她身旁的英國情人快要返回倫敦了，下一次還不知何時來，但他已經不想走了，「這是個合作社的概念，」他說，他也想入股。現在是四個人共同參與的計劃。

他們的店面不但有舊衣回收也有新布供應，更有設計概念及手工教學，甚至共同合作分擔，希望來的人穿上自己理想中的衣飾，店面也會製作生產江詠雲和麗莎設計的衣帽，那就是她們的品牌。

華裔情人返英後，他們三人忙碌了好長一段時間，在舊市場附近找到一個租金不貴的店面，除了自己做不來的水電工作，三人包辦完成了裝潢，家具全自己釘，衣帽架也是莊和江詠雲撿來的樹枝，莊已經在店前種下幾棵銀杏樹，他和麗莎把「詠雲縫衣」店招牌掛了上去，江詠雲朝著他們的方向看去，「是誰偷偷把招牌做成這個名字？」她告訴麗莎好多次，不一定要叫詠雲，也可以另取他名，甚至叫麗莎縫衣亦可，「噢不，」麗莎當時便立刻表示抗議，「我喜歡詠雲縫衣。」那一次江詠雲又說，「不然，叫縫衣店就好？」最後是兩票對一票。

「詠雲縫衣」開張了。麗莎和江詠雲興趣和品味相仿，二人都熱愛布料和配色，喜歡把複雜的工藝簡單化，二人都是布作家，喜歡一起相伴工作，麗莎擅長找材料和圖案，江詠雲喜歡隨手繪，合作無間，莊負責硬體經營，麗莎的英倫情人只負責投資，他經常來訊息問進度如何。好多臉書的朋友加入會員了，麗莎告訴情人，「那些人原來是支持我們淨灘的人，」另外一小撮人是莊的臉友，也有一些農會會計的朋友，會員大部分還是女性，有人帶孩子一起來，有人帶紅酒一起來縫衣。

江詠雲坐在縫紉機前縫著，她還繼續在縫那件愛的衣裳，但莊還不知道，江詠雲很安心，她愛上那樣的感覺，在自己的角落縫製著她愛人的衣服。而麗莎最近迷上了編織，尤其是植感編織，她把植物，花草都編到她的布料中，她拍成照片寄給情人，情人只有一個字：amazing。

江詠雲也欣賞麗莎的纖維織物，「這是藝術品，」她告訴麗莎，「色彩在跳舞，」她愛那些斑斕的顏色，麗莎用梭機經緯交織出心靈風景。她知道那些作品是她給在英國情人的愛，那是江詠雲看過最美以編織所完成的心靈風景。

莊還在農會工作，他依然偶爾去幫忙蜜蜂師傅，但和一心互動很少，他在部落格上寫詩，繼續種樹，也想像過什麼樣的時刻適合他向江詠雲求婚。

他閒暇之餘也約江詠雲去衝浪。

還是在烏石港，莊從來沒上過這麼高的浪頭，是溫柔的長浪，他在浪頭上停留了好久，至少久到讓他一生回味，他感覺他的生命與海浪合一，那是無與倫比的浪性，從衝浪板滑落後，他還驚嘆連連，他抱著衝浪板尋找江詠雲，「我剛剛經歷了人生最美妙的一刻，」他告訴她。江詠雲把手機上的錄影拿給莊看，原來她為他記錄了那一刻，莊把衝浪板丟下，抱起她，「妳看到我剛剛的飛翔，」他當下想跪下來向她求婚，但就在那一剎那，不知哪裡跑出一個閒雜人等。

「餓了嗎？我們今晚好好吃一頓？」莊幫江詠雲把衝浪板置入她的車廂，並為她開了車門。「好啊！」江詠雲不假思索，她說她餓到可以吞下一隻牛，莊將車子駛向山區方向，江詠雲完全沒想到他選擇了這家餐館。

天色暗了下來，星星亮了起來，他們走入餐館，江詠雲看到瑞米正在向客人說菜，而一心也在幫忙服務倒酒。四個人在此首度見面，莊走向和他們打招呼的一心，她正對著江詠雲微笑，「一心，我一直想介紹她讓妳認識，」莊扶著江詠雲的腰，「她是江詠雲，」他又靠近一心，告訴江詠雲，「她就是名歌手一心。」他們四人起先有點尷尬，後來逐漸言談歡笑，客人全走後，他們站在餐館陽台上喝著酒聊天，連茂松和大衛也告退了，「我從來沒看過這麼多的星星，」瑞米舉杯敬星空。星空無比地明亮遼闊。

四個人都相視而笑。

那晚，江詠雲把她縫製許久的愛情夾克送給莊，那是一件美國棉被（quilt）式的編織夾克，夾克背面是莊的衝浪身影，江詠雲用了一片舊棉被當底部，那底部圖案正像海浪，而底布上的莊站在衝浪板上，包括長的頭髮，身姿和腳上的陰影，全用不同的布料，縫了上去，甚至連腳上聯繫著衝浪板的線都看得見，是以照片為出發點的構圖，但是不同的布縫成了一個優雅的身影。那些布全來自她的過去。

莊端詳這件夾克許久，「沒有什麼藝術品比這件更美了，」他從牛仔褲裡取出了一個戒指，「妳願意嫁給我嗎？」江詠雲以雙手摀住自己的臉，她用了好長的時間才平衡自己的呼吸，「天哪，」她說，「我願意。」

第廿八章——

他們都知道，
快樂的結局要看故事在那裡結束，
但至少此刻的幸福唾手可得。

在北海岸的沙灘上，沙子潔白得不可思議，幾個朋友在現場演奏柔和的伴奏，先是專程來台灣的澤哈瑞娃演唱的韋瓦第〈Filiae Maestae Jerusalem〉，再來是一心演唱保加利亞民謠，二個白色帳蓬布簾被風吹起，現場來賓或坐或站，聆聽著動人悅耳的歌聲。

這是江詠雲和莊的婚禮。

儀式簡單，江詠雲的父母和莊的父母從來不曾那麼盛裝，四人都穿江詠雲和麗莎的縫衣，也包括她自己和莊的結婚禮服，都是記憶中的舊布拼圖，麗莎幫了好大的忙，她也貢獻了她的禮服概念，植入她所學的一切，在一個月內日夜和詠雲製衣，她同時是婚禮的司儀，她的情人從英倫趕來婚禮已經開始，司機從機場把他接來後，他背包丟在一邊，就立刻被人遞上一杯香檳，他首先致意的便是他的摯愛麗莎，隨後是新郎與新娘。

婚禮的餐點是瑞米做的，他烤了台灣乳豬和龍蝦燉飯，龍蝦是他一大早到漁港買的，他也用心做了瑪德蓮以及外婆喜歡的水果布丁，瑞米的外婆和母親都在現場，瑞米的父親未受邀，因為新娘的母親私下擔心丈夫的健康，不想影響他的心情，但其實詠雲的父親看起來健康極了，他把瑞米的餐點一一嚐過，並喝了一杯酒，「我從來不知道台灣也生產這麼好喝的白葡萄酒，」他的心情很好，他走上前對瑞米表示了讚賞，他拍了拍瑞米的肩膀，站在他身邊彷彿要說什麼，但他說不出，瑞米會意地向他點頭，他知道他要說什麼，他的眼神已經說明了一切，幾秒鐘的靜默後，瑞米看著他走向莊的父母，他們倒是說了許多話。瑞米的父親也匆匆趕到，是瑞米的外婆通知他一定要出席。

一心的媽媽和莊的師傅也來了，連校長都來了，校長和一心都在海灘上彈奏鋼琴，事情不能更圓滿了，那一天絕對是吉日，海浪和天空完全一致同意婚禮的舉行。

莊沒想到他和江詠雲可以和一心及瑞米成為朋友，這必須歸功一心的努力，她真心喜歡江詠雲，為她撮合了許多事，一心為莊感到開心，她唱完歌時也獻給瑞米一個吻。

夜幕低垂時，新娘和新郎跳起一段 Salsa，然後，一心和瑞米也一起跳起舞了，麗莎的情人走向麗莎，問她，我有榮幸？三對情人分別在沙灘上展現了舞技，更多是訴說著他們靈魂深處的感情。

來賓們悄悄地開始把帳篷、疊椅以及餐具移往蘇師傅的卡車，只留下一只不大的音樂擴音器，現場逐漸變回一片潔淨的海灘。

慢慢地，有人加入舞蹈，跳舞的人越來越多了，彷彿大家都回憶起初戀的痛苦和美好，也因此接受了生命。剛開始腳步有點凌亂，但時辰越晚，大家的舞步因此更隨性而開心了。

在這個他們曾經初戀過的島上。

AK00322

我們（還在初戀的島上）

作　者——陳玉慧
資深主編——謝鑫佑
校　對——謝鑫佑、吳如惠、陳玉慧
企　劃——廖心瑜
資深企劃經理——何靜婷
美術設計——陳文德

董事長——趙政岷
出版者——時報文化出版企業股份有限公司
一〇八〇一九臺北市和平西路三段二四〇號四樓
發行專線——（〇二）二三〇六六八四二
讀者服務專線——〇八〇〇二三一七〇五　（〇二）二三〇四七一〇三
讀者服務傳真——（〇二）二三〇四六八五八
郵撥——一九三四四七二四時報文化出版公司
信箱——一〇八九九台北華江橋郵局第九九信箱

時報悅讀網——http://www.readingtimes.com.tw
文化線粉專——https://www.facebook.com/culturalcastle/
法律顧問——理律法律事務所　陳長文律師、李念祖律師
印　刷——紘億印刷有限公司
初版一刷——二〇二一年九月十七日
定　價——新台幣三九〇元

時報文化出版公司成立於一九七五年，
並於一九九九年股票上櫃公開發行，於二〇〇八年脫離中時集團非屬旺中，
以「尊重智慧與創意的文化事業」為信念。

我們（還在初戀的島上）／陳玉慧著. -- 初版. -- 臺北市：時報文化出版企業股份有限公司, 2021.09
面；　公分
ISBN 978-957-13-9064-2（平裝）

863.57　　110008245

ISBN 978-957-13-9064-2
Printed in Taiwan